ダンサー!!!

キセキのダンスチーム【ヨルマチ】始動《しどう》!

さちはら一紗《いちさ》

JN224711

目次《もくじ》

CONTENTS

登場人物《とうじょうじんぶつ》

ヤコ

小学《しょうがく》6年生《ねんせい》。学校《がっこう》のみんなに内緒《ないしょ》で顔《かお》をかくしたダンス動画《どうが》を公開《こうかい》している人気踊《にんきおど》り手《て》。人《ひと》としゃべるのが苦手《にがて》。

リヒト

中学《ちゅうがく》1年生《ねんせい》。ダンス経《けい》験者《けんしゃ》でアクロバットが得意《とくい》。インターネットでヤコを見《み》つけてダンスチームにさそう。

ヒオ

小学《しょうがく》6年生《ねんせい》。ヤコのクラスメイトでバレエダンサー。ヤコに声《こえ》をかけられて一緒《いっしょ》にダンスをすることに。デザートが好《す》き。

プロローグ オン・ステージ！

ダンスが好《す》き。

ひとりで踊《おど》って、ひとりで動画《どうが》を撮《と》って、ネットにアップして、画面《がめん》の向《む》こうのみんなから、『いいね』をもらう。

ほんの少《すこ》し前《まえ》まで、それが、わたし——鈴木夜子《スズキヤコ》にとっての、日常《にちじょう》だった。

わたしは、ひとりで踊《おど》っているだけで満足《まんぞく》、だったはずなのに……。


ステージの端《はし》っこ、舞台袖《ぶたいそで》に立《た》って、わたしは浅《あさ》い呼吸《こきゅう》をしていた。

ここ、舞台袖《ぶたいそで》は、夜《よる》みたいに暗《くら》い。すぐ目《め》の前《まえ》のステージは明《あか》るくて、のぞくと目《め》がちかちかとする。ドッドッドッドッ。心臓《しんぞう》が、速《はや》くリズムを刻《きざ》んでいる。

——このステージで、ダンスコンテストの本番《ほんばん》が、もうすぐ始《はじ》まる。

「ヤコ、緊張《きんちょう》してる？　忘《わす》れもの」

後《うし》ろから、リヒトがわたしの頭《あたま》に、ふわっとキャップを被《かぶ》せた。

リヒトはひとつ年上《としうえ》の男《おとこ》の子《こ》。わたしたちのダンスチームの、かっこいいリーダー。

「大丈夫《だいじょうぶ》、おれたちなら、勝《か》てる」

ヒオが小《ちい》さな手《て》で、わたしの背中《せなか》をポンッと叩《たた》いた。

ヒオはわたしのライバル。とってもかわいい、同級生《どうきゅうせい》の女《おんな》の子《こ》。

「見《み》せてあげましょ。あたしたちの作《つく》ったダンスを、ステージの向《む》こうのみんなに」

すう、はあ、と深呼吸《しんこきゅう》。リヒトがくれたキャップを、グッと深《ふか》く被《かぶ》る。

緊張《きんちょう》は、まだしてる。でも大丈夫《だいじょうぶ》。心臓《しんぞう》のリズムに、いやな感《かん》じがなくなったから。

わたしは二人《ふたり》にうなずいて、一歩《いっぽ》、踏《ふ》み出《だ》した。

「うん、行《い》こう！」


……わたしはずっと、ひとりで踊《おど》ってきた。

でも、最高《さいこう》のチームメンバーに、みんなと全力《ぜんりょく》でやれるダンスに、出会《であ》ってしまったから。もう戻《もど》れない。

こんな、たのしいことを、知《し》る前《まえ》には！

第《だい》1話《わ》 ストリートダンスとの出会《であ》い

「へえ意外《いがい》。鈴木《スズキ》さんってダンス動画《どうが》とか見《み》るんだ」

塾《じゅく》が終《お》わったあとの教室《きょうしつ》で、スマホで動画《どうが》を見《み》ていたら、同《おな》じ塾《じゅく》の子《こ》たちに声《こえ》をかけられた。

「好《す》きなの？　ダンス」

わたしはカチコチに固《かた》まる。

「……ひっ」

「ひ？」

「秘密《ひみつ》！」

わたしは、あわててリュックを背負《せお》って、塾《じゅく》の教室《きょうしつ》を出《で》た。

わたし、鈴木夜子《スズキヤコ》。小学六年《しょうがくろくねん》。背《せ》の順《じゅん》は女子《じょし》で一番後《いちばんうし》ろ。性格《せいかく》は、とても人見知《ひとみし》り。

そんなわたしには、秘密《ひみつ》がある。それは、ダンスが好《す》きだってこと。

(動画《どうが》……見《み》てたの、『意外《いがい》』って言《い》われちゃった)

たしかにダンスって、明《あか》るくてキラキラした女《おんな》の子《こ》たちが好《す》きなイメージかも。

わたしは明《あか》るくないし、人《ひと》の目《め》を見《み》ると、うまく話《はな》せなくなっちゃうし、だから、全然《ぜんぜん》、友達《ともだち》いないし……。

(似合《にあ》わないよね、ダンスとか)

わかってるから。

(言《い》えないや、誰《だれ》にも)

――実《じつ》は、わたしがダンス動画《どうが》を見《み》てるだけじゃなくて、自分《じぶん》でも踊《おど》って、動画《どうが》を撮《と》ってる、なんてこと。

その動画《どうが》は、いとこのお姉《ねえ》ちゃんの夕香《ユカ》姉《ねえ》に頼《たの》んで、代《か》わりに動画投稿《どうがとうこう》アプリのTikTok《ティックトック》に投稿《とうこう》してもらっている。

ユカ姉《ねえ》は、ファッションデザイナーを目指《めざ》している十九歳《じゅうきゅうさい》の大学生《だいがくせい》。SNS《エスエヌエス》にも詳《くわ》しくて、わたしのことをずっと応援《おうえん》してくれてる、頼《たよ》れる大人《おとな》なお姉《ねえ》ちゃんだ。

塾《じゅく》を出《で》て、駅前《えきまえ》の広場《ひろば》に向《む》かう途中《とちゅう》で、メッセージが届《とど》いた。ユカ姉《ねえ》からだ。

『ヤコちゃん！　おめでとう！　動画《どうが》、また百万再生達成《ひゃくまんさいせいたっせい》だよ』

『見《み》て見《み》て！　ヤコちゃんについてのブログ記事《きじ》までできてる……「年齢《ねんれい》も性別《せいべつ》も不《ふ》詳《しょう》。顔《かお》を隠《かく》して踊《おど》る、謎《なぞ》の覆面《ふくめん》ダンサーＹＡＫＯ《ヤコ》の正体《しょうたい》は？」だって！』

『きゃ～～！　有名人《ゆうめいじん》みたい！』

うう、ユカ姉《ねえ》、はしゃぎすぎだよ……。なんか、恥《は》ずかしい。

わたしは、動画《どうが》では顔《かお》を隠《かく》して踊《おど》ってる。それは、その方《ほう》がかっこいいから……とかじゃなくて、学校《がっこう》とか塾《じゅく》のみんなにバレたくないから。

あと、インターネットで顔出《かおだ》しするのは、ちょっと怖《こわ》いから。炎上《えんじょう》とか危《あぶ》ないってよく聞《き》くし……たくさんの人《ひと》に顔見《かおみ》られるなんて、緊張《きんちょう》するし……。

わたしは、ネットでも人見知《ひとみし》りだ。

けど。

『すてきなコメント、たくさんもらったよ』

ユカ姉《ねえ》が、わたしの動画《どうが》についたコメントを、スクリーンショットで送《おく》ってくれた。

『新作《しんさく》も安定《あんてい》でかっこよ！』

『ステップキレキレで最高《さいこう》』

『このダンス、いろんな人《ひと》が踊《おど》ってたけど、今《いま》まで見《み》た中《なか》で一番《いちばん》好《す》きかも』

それから、たくさんの♡《いいね》も。

少《すこ》し、にやけてしまう。

(……うれしい)

ネットでも人見知《ひとみし》りだけど、みんなからコメントをもらえるのは、好《す》き。

半年《はんとし》くらい前《まえ》、初《はじ》めてコメントをもらった時《とき》は、本当《ほんとう》にうれしくて。動画投稿《どうがとうこう》、始《はじ》めてよかったって思《おも》ったんだ。


動画投稿《どうがとうこう》を始《はじ》めた理由《りゆう》は、みんなに、わたしのダンスを見《み》てもらいたかったから。

ずっとひとりで踊《おど》ってきたけど、もしわたしのダンスで、誰《だれ》かをたのしませることができたら、いいなって思《おも》ったんだ。

たとえば、わたしの大好《だいす》きなアーティスト・天音《アマネ》みたいに。

アマネはわたしの推《お》しだ。金色《きんいろ》に輝《かがや》くキラキラの一等星《いっとうせい》!　って感《かん》じのアイドルで、とても美人《びじん》で歌《うた》もうまいけど、なにより、ダンスがすごくかっこいい!

わたしは、アマネに憧《あこが》れて、ダンスを始《はじ》めようと思《おも》ったんだ。

その、アマネの新曲《しんきょく》の、ダンス振《ふ》り付《つ》け動画《どうが》が今日《きょう》アップされたから。いてもたってもいられない！

駅前《えきまえ》の広場《ひろば》まで走《はし》った。十月《じゅうがつ》の薄暗《うすぐら》くなったこの時間《じかん》は、わたし以外《いがい》誰《だれ》もいない。バスが来《く》る時間《じかん》まで、わたしはいつもここで、ダンス動画《どうが》を撮《と》っている。

スマホを地面《じめん》にセット。音楽《おんがく》をスピーカーモードで流《なが》す。迷惑《めいわく》にならないよう、音量《おんりょう》は小《ちい》さめ、すぐ近《ちか》くじゃないと聞《き》こえないくらいに。

アマネの新曲《しんきょく》『午前零時《ごぜんれいじ》』は、真夜中《まよなか》の街《まち》で一緒《いっしょ》に踊《おど》ろうと誘《さそ》う、ちょっぴり悪《わる》い子《こ》の歌《うた》だ。まだ夕飯前《ゆうはんまえ》の時間《じかん》だけど、聞《き》いてると夜更《よふ》かししてる気分《きぶん》になる。

かっこいい系《けい》のアイドル曲《きょく》で、ＢＰＭ《ビーピーエム》（音楽《おんがく》の速度《そくど》のこと！）は一二〇《ひゃくにじゅう》。ちょっと速《はや》いけど、リズムは取《と》りやすい。

「タン、タン、タン、タン……」

曲《イントロ》の始めのリズムを口《くち》ずさみながら、踊《おど》りやすいように、髪《かみ》を二《ふた》つに結《むす》ぶ。服《ふく》のフードを被《かぶ》って、結《むす》んだ髪《かみ》を隠《かく》す。ユカ姉《ねえ》にお土産《みやげ》でもらった狐《きつね》のお面《めん》で顔《かお》を隠《かく》して、準備《じゅんび》を終《お》えたら、曲《きょく》はちょうど、一番盛《いちばんも》り上《あ》がるサビのパート！

明《あか》るいメロディに合《あ》わせて、勢《いきお》いよく前《まえ》へ。

タン、タン、タン、とステップを踏《ふ》む。夜《よる》の街《まち》を走《はし》り出《だ》すみたいに。軽《かろ》やかに腕《うで》をしならせる。走《はし》り抜《ぬ》ける時《とき》の風《かぜ》みたいに。

たのしげなリズムに合《あ》わせて、ひら、ひら、と『こっちへおいでよ』と手《て》を振《ふ》って。

最後《さいご》は体《からだ》を捻《ひね》って、ピースサイン。アイドルらしいポーズでキメッ。

……うん、踊《おど》りやすい！

振《ふ》り付《つ》けはシンプルだけど、音楽《おんがく》にぴったりタイミングを合《あ》わせれば、見映《みば》えはばっちり。かわいくて踊《おど》りやすいから、このパートのダンス動画《どうが》は人気《にんき》出《で》るだろうな。

でも、わたしが本当《ほんとう》に踊《おど》りたいのは……。

（あ〜、やっぱかっこいいな。サビの後《あと》のラップパート）

早口《はやくち》な歌声《うたごえ》の裏《うら》で、ドラムの音《おと》がはげしく鳴《な》っている。一番《いちばん》、かっこよく踊《おど》れそうなパートだ。だけど、公式《こうしき》のアマネのダンスは、あんまり派手《はで》じゃない。

（ラップ歌《うた》いながらじゃ、はげしく踊《おど》れないもんね）

うーん……。このパートも踊《おど》って、動画《どうが》に撮《と》ってみようかな。

お手本《てほん》通《どお》りに踊《おど》るのは、簡単《かんたん》。わたしは勉強《べんきょう》は苦手《にがて》だけど、振《ふ》り付《つ》けを覚《おぼ》えるのは得意《とくい》だ。一度《いちど》、動画《どうが》を見《み》たら、だいたいは覚《おぼ》えられるから。

でも、お手本《てほん》通《どお》りに踊《おど》るだけじゃ、なんだか……。

（物足《ものた》りない………）

だってこの曲《きょく》、本当《ほんとう》はもっと、かっこよく踊《おど》れる気《き》がする。

踊《おど》るだけで歌《うた》わないなら、息切《いきぎ》れするくらい動《うご》いたっていいはずだし。

歌詞《かし》の裏《うら》で、ズン、タタタタッと鳴《な》っているドラムの音《おと》――この、はげしい音《おと》に合《あ》わせて、思《おも》いっきり全力《ぜんりょく》で踊《おど》れたら？

（きっとたのしい！）

うずうずする。フリのアレンジ、思《おも》いついちゃった。

そのまま踊《おど》り出《だ》そうとして、はっと気《き》づく。

……だめだ、こんなダンス投稿《とうこう》しちゃ。

（だって、これ、ウケない）

前《まえ》にも、振《ふ》り付《つ》けをアレンジしたダンスを投稿《とうこう》したことがある。その時《とき》は、再生回《さいせいかい》数《すう》も、コメントも、すごく少《すく》なかった。

なんでだろう？　ってユカ姉《ねえ》に相談《そうだん》したら、こう言《い》ってた。

『うーん。ヤコちゃんのダンスがウケたのは、人気《にんき》の、みんなが知《し》ってるダンスを踊《おど》ったからだと思《おも》うの。「これいいな！」って、わかる人《ひと》がたくさんいたんだよ』

『フリをアレンジしたら、知《し》らないダンスになっちゃうでしょ？　「いいな！」って、わかる人《ひと》が、少《すく》なくなっちゃったんじゃないかな』

多分《たぶん》。わからないものは、たのしくない。塾《じゅく》で習《なら》う算数《さんすう》の文章題《ぶんしょうだい》みたいに。

（それはだめ。わたしは、みんなに、たのしんでもらうために……）

……もう一回《いっかい》ダンスを撮《と》ろう。

人気《にんき》が出《で》そうな、サビのパートで。お手本通《てほんどお》りに、わかりやすく踊《おど》ろう。それが、きっと、みんなの見《み》たいものだから。

曲《きょく》を、サビの手前《てまえ》まで巻《ま》き戻《もど》した。その、すぐ後《あと》だった。後《うし》ろから、足音《あしおと》が聞《き》こえたのは。

ううん、違《ちが》う、聞《き》こえたのは足音《あしおと》じゃなかった。タン、タン、タン、タン……、リズムに合《あ》わせて、足《あし》でステップを踏《ふ》む音《おと》だ。

振《ふ》り返《かえ》る。後《うし》ろにいたのは、キャップを深《ふか》く被《かぶ》った男《おとこ》の子《こ》だ。クラスの女子《じょし》で一番《いちばん》背《せ》の高《たか》いわたしより、ずっとずっと背《せ》が高《たか》い。

そして男《おとこ》の子《こ》は、踊《おど》り出《だ》した。公式《こうしき》とは、全然《ぜんぜん》ちがう振《ふ》り付《つ》けで。

手《て》はキャップを押《お》さえて、足《あし》は、つう、と地面《じめん》を滑《すべ》る。広場《ひろば》の地面《じめん》はコンクリートで、靴《くつ》はスニーカーなのに、氷《こおり》の上《うえ》でスケートをしてるみたいに、なめらかできれい。

そのまま深《ふか》く腰《こし》を落《お》として、地面《じめん》すれすれを、流《なが》れるような足《あし》さばきで回《まわ》ったら。

跳《は》ね起《お》きて、駆《か》け出《だ》すようにすばやいステップ、地面《じめん》を蹴《け》って跳《と》び上《あ》がる！　一回《いっかい》転《てん》、キレキレのジャンプターン。

こういうダンスって、なんていうんだっけ？　……思《おも》い出《だ》した。〝ストリートダンス〟だ。

ダイナミックに全身《ぜんしん》を使《つか》ったダンスに、見《み》てるだけで、わくわくした。

（今《いま》のどうやったの？　その技《わざ》はなんていうの⁉　どうしてそんなに踊《おど》れるの⁉）

わかんない、わかんない、わかんない、でもたのしい！

（……なんだ。知《し》らなくても、わからなくても、たのしいじゃん）

うずうずと、わたしの足《あし》が、動《うご》きたがっている。

男《おとこ》の子《こ》はターンの後《あと》、ポーズをキメながら、こっちに手《て》を差《さ》し伸《の》べた。お面《めん》ごしに目《め》が合《あ》う。

『きみも、来《き》なよ』

そう言《い》われた気《き》がした。

（……いいの？）

わたしは、人《ひと》と目《め》を合《あ》わすと喋《しゃべ》れなくなる。だけど、声《こえ》が出《で》なくても困《こま》らなかった。

だって今《いま》は……ダンスで、気持《きも》ちを伝《つた》えられる気《き》がしたから！

明《あか》るいサビの次《つぎ》、激《はげ》しいラップパートが始《はじ》まった瞬間《しゅんかん》。わたしは全力《ぜんりょく》で飛《と》び出《だ》した。

男《おとこ》の子《こ》と向《む》かいあって、一緒《いっしょ》に踊《おど》る。

試《ため》してみたかったアレンジを、やってみる。もっと体《からだ》のパーツを小刻《こきざ》みに動《うご》かして、もっと手《て》を速《はや》くしならせて。

わたしはダンスの技《わざ》とか、全然《ぜんぜん》知《し》らないけど、ばっちり音《おと》に動《うご》きを合《あ》わせれば、かっこよく踊《おど》れるってことは知《し》っている。男《おとこ》の子《こ》の動《うご》きを、真似《まね》してみることだって、できる。

お手本通《てほんどお》りに踊《おど》らなきゃとか、こんなダンスじゃみんなに喜《よろこ》んでもらえないとか、こんなに動《うご》いたらカメラの映《うつ》る範囲《はんい》からはみ出《で》ちゃうとか、もうどうだってよかった。

だってこの曲《きょく》は『午前零時《ごぜんれいじ》』、夜更《よふ》かしをする、悪《わる》い子《こ》のための曲《きょく》。悪《わる》い子《こ》は、きっと、お手本通《てほんどお》りに踊《おど》ったり、みんなのためにって、我慢《がまん》して踊《おど》ったりしないから。

（わたしが、たのしいから踊《おど》るんだ！）

踊《おど》っているうちに、いつのまにか、お面《めん》が地面《じめん》に落《お》ちていた。

顔《かお》を見《み》られちゃう……恥《は》ずかしい。けど体《からだ》は止《と》められない。だって踊《おど》るのが、たのしいから！


そして曲《きょく》が、終《お》わる。踊《おど》りきった時《とき》には、体力《たいりょく》が全部《ぜんぶ》なくなっていた。

「はあ、はあ……」

短《みじか》い曲《きょく》だから、サビからだと一分半《いっぷんはん》しかなかったのに。全力《ぜんりょく》のダンスってこんなに疲《つか》れるものなんだ。知《し》らなかった……全力《ぜんりょく》で踊《おど》るのが、こんなにたのしいってことも。

男《おとこ》の子《こ》は、地面《じめん》に落《お》ちたお面《めん》を拾《ひろ》って、わたしに渡《わた》した。

「ヤコ。ありがとう、おれと一緒《いっしょ》にダンスしてくれて」

「え。どうして、わたしの名前《なまえ》……」

「きみ、YAKO《ヤコ》だろ。ティックトッカーの」

「あ……」

そうだ、ユカ姉《ねえ》に任《まか》せているアカウントの名前《なまえ》もヤコだった。このお面《めん》を見《み》たら、わたしがあのダンス動画《どうが》で踊《おど》っている本人《ほんにん》だってこと、わかっちゃうよね。

ってことは……この男《おとこ》の子《こ》に、わたしの動画《どうが》、見《み》られてた？

わたしの動画《どうが》を見《み》てる人《ひと》にリアルで初《はじ》めて会《あ》った。しかも素顔《すがお》まで見《み》られたなんて。

（…………恥《は》ずかしい！）

ぼっと顔《かお》が熱《あつ》くなる。あわてて、拾《ひろ》ってもらったお面《めん》で顔《かお》を隠《かく》す。

「隠《かく》すなんてもったいない。いい笑顔《えがお》だったよ。本当《ほんとう》にダンスが好《す》きだって、伝《つた》わってくるような」

そう言《い》って、男《おとこ》の子《こ》はにっこり笑《わら》った。

（……そっちの方《ほう》が、いい笑顔《えがお》だと思《おも》う）

「普段《ふだん》の動画《どうが》も、顔出《かおだ》しして踊《おど》ったらいいのに」

（それはむり……）

男《おとこ》の子《こ》を、まじまじと見《み》る。とても背《せ》が高《たか》くて、服《ふく》もストリート系《けい》でおしゃれ。ダンスの後《あと》、帽子《ぼうし》を外《はず》して前髪《まえがみ》を上《あ》げているから、かっこいい顔《かお》がよく見《み》えた。

明《あか》るくてはつらつとした、友達《ともだち》が多《おお》そうな感《かん》じの……わたしとは、正反対《せいはんたい》の男《おとこ》の子《こ》。

「おれのことは、リヒトって呼《よ》んで」

リヒトは人懐《ひとなつ》っこい笑顔《えがお》でそう言《い》って、わたしに手《て》を差《さ》し出《だ》した。

（握手《あくしゅ》……!?）

と、おどろくわたしに、リヒトはもっとおどろくことを言《い》ったんだ。

「ヤコ、おれとダンスチームを組《く》まない？」

第《だい》2話《わ》～ひとりで踊《おど》るよりも

「ヤコ、おれとダンスチームを組《く》まない？」

「え……」

わたしを、誘《さそ》ってくれてる？　……もっと一緒《いっしょ》に踊《おど》ろうってこと？

「え、えと、あっ」

おどろいて、言葉《ことば》が出《で》ない。だって、ひとりで踊《おど》るのが当《あ》たり前《まえ》だったから。誰《だれ》かと一緒《いっしょ》に、チームで踊《おど》るなんて考《かんが》えたこともない。

どうしよう？　なんて返事《へんじ》すればいい？

あたふたと周《まわ》りを見回《みまわ》して。ふと、広場《ひろば》の時計《とけい》が、目《め》に入《はい》った。

「あ～～っ！　バスの時間《じかん》……！　ごめん、わたしっ、帰《かえ》らなきゃ」

あわてて、荷物《にもつ》を持《も》って、バス停《てい》に向《む》かって走《はし》り出《だ》す。

リヒトが後《うし》ろで「待《ま》って」と言《い》った気《き》がしたけど……いっぱいいっぱいのわたしに、振《ふ》り返《かえ》る余裕《よゆう》はなかったんだ。

（あ、リヒトの連絡先《れんらくさき》とか……聞《き》けばよかった）

気《き》づいたのは、ぎりぎりでバスに乗《の》り込《こ》んでから。

（ダンスチームの返事《へんじ》、どうしよう……）


次《つぎ》の放課後《ほうかご》。わたしはまた、広場《ひろば》にやってきた。

昨日《きのう》リヒトに、チームを組《く》もうと誘《さそ》われたけど。わたしはまだ、どうするか決《き》められてない。でも、返事《へんじ》はちゃんとしたかった。

『一緒《いっしょ》に踊《おど》ろう』って、誘《さそ》ってもらえたことは……初《はじ》めてで、嬉《うれ》しかったから。

だから、今度《こんど》こそ連絡先《れんらくさき》もらわなきゃ！　広場《ひろば》に行《い》ったら会《あ》えるかな？

と思《おも》って来《き》てみたけど……そう簡単《かんたん》には会《あ》えないか、昨日《きのう》とは時間《じかん》もちがうもんね。

夕方前《ゆうがたまえ》の広場《ひろば》には、ぽつぽつと人《ひと》がいる。犬《いぬ》と一緒《いっしょ》に遊《あそ》んでいる女《おんな》の人《ひと》、日向《ひなた》ぼっこをしているおじいちゃん、ベンチで本《ほん》を読《よ》んでいる眼鏡《めがね》の男《おとこ》の子《こ》……。

（せっかく来《き》たし、踊《おど》ってみようかな）

まだ明《あか》るいし、周《まわ》りに人《ひと》もいるけど……みんな、こっちを見《み》てなさそうだし。

スマホをセットして、録画準備《ろくがじゅんび》。音楽《おんがく》は昨日《きのう》と同《おな》じ、アマネの『午前零時《ごぜんれいじ》』。

だけど、お面《めん》はつけない。昨日《きのう》、リヒトに『いい笑顔《えがお》だったよ』って言《い》われたから
……どんな顔《かお》して踊《おど》ってたのか、自分《じぶん》でも知《し》りたかった。

再生《さいせい》するのは、人気《にんき》がありそうなサビパートじゃなくて、わたしの好《す》きなラップパート。振《ふ》り付《つ》けはお手本通《てほんどお》りじゃなくて、アレンジで。

自由《じゆう》に、好《す》きなように、踊《おど》る！

（ああ、やっぱり……たのしい）

それに、お面《めん》を外《はず》して踊《おど》って気《き》づいた。表情《ひょうじょう》も、大事《だいじ》なフリの一部《いちぶ》だったんだって。

顔《かお》の角度《かくど》や目線《めせん》の方向《ほうこう》で、ダンスの雰囲気《ふんいき》が変《か》わる気《き》がする。どんな顔《かお》して踊《おど》ろう、って考《かんが》える。ダンスを表現《ひょうげん》する方法《ほうほう》が、増《ふ》えるんだ。

それが、たのしい！

（わたし、もしかして……）

新《あたら》しいことを覚《おぼ》えたり、自分《じぶん》で考《かんが》えたりするのが、好《す》きなのかも？

不思議《ふしぎ》だ。学校《がっこう》の勉強《べんきょう》は、苦手《にがて》なのに……ダンスのことなら、もっとたくさん、知《し》

りたいと思《おも》う。

(でも、なんだか……物足《ものた》りない気《き》がする)

――なんでだろう?

踊《おど》り終《お》わって、スマホをひろう。撮《と》った動画《どうが》を確認《かくにん》してみよう……そう思《おも》った時《とき》。

後《うし》ろから、ぱちぱちと拍手《はくしゅ》が聞《き》こえた。

「すごくよかったよ、ヤコ」

後《うし》ろにいたのは、ブレザーの制服《せいふく》を着《き》た、眼鏡《めがね》の男《おとこ》の子《こ》だ。さっきまでベンチで本《ほん》を読《よ》んでたから、見《み》られてないと思《おも》ったのに……。というか、また名前《なまえ》バレてる!?

「ど、どちらさまですか」

「あ、この格好《かっこう》じゃわからないか」

男《おとこ》の子《こ》は眼鏡《めがね》を外《はず》して、前髪《まえがみ》をかき上《あ》げた。

「あっ、リヒト!?」

初《はじ》めて会《あ》った時《とき》とは、全然違《ぜんぜんちが》う印象《いんしょう》だから、わからなかった。

昨日《きのう》のストリート系《けい》ファッションの時《とき》は、明《あか》るい印象《いんしょう》。でも制服《せいふく》で眼鏡《めがね》をかけていると、落《お》ち着《つ》いた優等生《ゆうとうせい》って感《かん》じ。ギャップがある……。

「あらためて、おれは浅間理人《アサマリヒト》。隣町《となりまち》の中学《ちゅうがく》に通《かよ》ってるんだ。ほらこれ、学生証《がくせいしょう》」

学生証《がくせいしょう》を見《み》れば、リヒトが一歳年上《いっさいとしうえ》の中学一年《ちゅうがくいちねん》だってことがわかった。

「中学生《ちゅうがくせい》だったんだ……。背《せ》が高《たか》いから、もっと年上《としうえ》かと思《おも》ってた」

「あはは……よく言《い》われる」

リヒトはなんだか、困《こま》ったように苦笑《にがわら》いした。

……もしかして、「背《せ》が高《たか》い」って言《い》われるの、好《す》きじゃない？

わたしも高《たか》い方《ほう》だからわかる。褒《ほ》められても、自分《じぶん》では、目立《めだ》つのやだな～って感《かん》じなんだよね～……。

じゃなくて。リヒトに会《あ》えたら、聞《き》こうと思《おも》っていたことがあったんだ。

「ねえ、リヒト。どうしてわたしを、ダンスチームに誘《さそ》ってくれたの？」

「実《じつ》は、今度《こんど》やるダンスコンテストに参加《さんか》したくて、チームメンバーを探《さが》してるんだ」

ダンスコンテスト……そんなのあるんだ！

「それで、TikTok《ティックトック》で見《み》た、YAKO《ヤコ》のことを思《おも》い出《だ》した」

リヒトの目《め》が、真《ま》っ直《す》ぐ、わたしを見《み》る。どきっとした。

「ずっと気《き》になってたんだ、ヤコのこと。

流行《はや》りのダンスを踊《おど》っていても、みんなより頭《あたま》ひとつ抜《ぬ》けてうまいから。時々《ときどき》、アレンジやオリジナルのダンスもあげてるのを見《み》て、きっと、バトルやコンテストでも踊《おど》れる子《こ》だって思《おも》ってた。いつも踊《おど》ってる場所《ばしょ》が、隣駅《となりえき》の広場《ひろば》だって気《き》づいて……いてもたってもいられなくて、会《あ》いに来《き》たんだ。

実際《じっさい》に会《あ》えて……間違《まちが》いないって確信《かくしん》した。メンバーに誘《さそ》うならヤコだって」

胸《むね》がどきどきしている。リヒトと目《め》を合《あ》わせたせいで緊張《きんちょう》している……だけじゃない。わたしのダンスを褒《ほ》めてくれたのが、とても、うれしかったから。

「でも、いきなり場所《ばしょ》とか特定《とくてい》して会《あ》いに来《く》るなんて怖《こわ》かっただろうし、説明《せつめい》なしにチームに誘《さそ》ったりしておどろいたよな」

リヒトは申《もう》し訳《わけ》なさそうに、ぱん、と手《て》を合《あ》わせた。

「ごめん！」

わたしはぶんぶんと首《くび》を横《よこ》に振《ふ》る。あやまらなくていいと思《おも》った。

「おどろいたけど、一緒《いっしょ》に踊《おど》れてたのしかったし、誘《さそ》ってくれてうれしかった……」

わたしは目《め》を合《あ》わせると喋《しゃべ》れないけど、リヒトの目《め》じゃなくて、形《かたち》のいい眉《まゆ》を見《み》ることにした。がんばって喋《しゃべ》りたい時《とき》の、裏技《うらわざ》だ。

「わ、わたしもね、リヒトのダンスがいいなって思《おも》った……！」

勇気《ゆうき》を出《だ》して、言《い》ってみる。

「ここに来《く》る前《まえ》に昨日《きのう》の動画《どうが》を見返《みかえ》したの。リヒトのダンス……すっごくかっこよかった！　ひとつひとつの動《うご》きがとっても丁寧《ていねい》で、どこで録画《ろくが》を一時停止《いちじていし》してもシルエットがきれいで。それに、手足《てあし》が長《なが》くて、ダイナミックに動《うご》いたら画面《がめん》の端《はし》まで届《とど》きそうで……いいなぁ！　って」

リヒトの眉《まゆ》が、上《うえ》にあがって。目《め》を丸《まる》くしたのが、わかった。

……あ。ティックトッカーだからつい、動画《どうが》にした時《とき》のことばかり話《はな》しちゃった。

そう、わたしが知《し》っているのは、ダンス動画《どうが》のことで、ダンスのこと自体《じたい》は、実《じつ》はよく知《し》らなかったりする。

でもきっとリヒトはダンサーだ。わたしよりずっと、ダンスについてくわしい人《ひと》だ。

「あっあのね、わたし、知《し》りたいことがあるの！　昨日《きのう》のリヒトのダンスって、なんていうダンスなの？　リヒトがやってた技《わざ》も気《き》になる！　地面《じめん》すれすれで回《まわ》ったりするやつ……あれなんていうの!?　あ、それと、リヒトの連絡先《れんらくさき》も教《おし》えてほしい！」

勢《いきお》いまかせに言《い》い切《き》って、はっと気《き》づいた。

一気《いっき》にわーっと話《はな》しちゃった……。普段《ふだん》はうまく話《はな》せないのに、好《す》きなことだとつい、話《はな》しすぎちゃう。それでみんなに引《ひ》かれないように、ダンスが好《す》きだってことは秘密《ひみつ》にしてたのに……。

「あ、ははは！」

リヒトはお腹《なか》を抱《かか》えて、目《め》をこすった。

……笑《わら》われた!?　ガンッとショックを受《う》ける。

「ヤコって、アツいやつだね。ありがとう。褒《ほ》められるの、久々《ひさびさ》で……うれしいな」

そう言《い》って、優《やさ》しくほほえんでくれたから、わかった。

あ、引《ひ》かれたわけじゃなかったんだ……って。

そっか、そうだよね。だってリヒトもダンスが好《す》きなんだもんね。わたしが、ダンスが好《す》きだって話《はな》しても。リヒトはおかしいって思《おも》わない。

――だって、同《おな》じだから。

（……うれしい）

そして、リヒトはわたしがさっきした質問《しつもん》に答《こた》える。

「『昨日《きのう》のはなんていうダンスか』だっけ。おれは普段《ふだん》、種類《ジャンル》とかあまり気《き》にしないで、フリースタイルで踊《おど》るタイプなんだけど。昨日《きのう》のは、ハウスダンスっぽく踊《おど》ったかな」

「ハウス？　それって……〝家《いえ》〟って意《い》味《み》だっけ。ストリートダンスじゃないの？」

ストリートってたしか〝道《みち》〟って意《い》味《み》だったよね？　外《そと》で踊《おど》るダンスじゃないの？

「ハウスは、ストリートダンスの種《しゅ》類《るい》のひとつだよ。元《もと》はクラブ……部《ぶ》活《かつ》じゃなくて、ダンスホールの方《ほう》ね。その、クラブで流《なが》れるハウスミュージックに合《あ》わせて踊《おど》るから、ハウスダンスっていうんだ」

クラブ……行《い》ったことないけど、なんとなくイメージしてみる。ＤＪ《ディージェイ》が音《おん》楽《がく》を流《なが》しながら、黒《くろ》くて丸《まる》いターンテーブルをキュッキュッと回《まわ》していて、天井《てんじょう》ではミラーボールがキラキラと光《ひか》っていて、フロアではみんなが踊《おど》ってる……って感《かん》じ？

「ストリートダンスって、外《そと》だけで踊《おど》るわけじゃないんだね」

「そうそう、だからおれは、単《たん》に『ダンス』って呼《よ》んでるかな。今《いま》はコンテストとかも室《しつ》内《ない》ステージだし。全《ぜん》部《ぶ》、路上《ストリート》って呼《よ》ぶのはなんか違《ちが》う気《き》がして」

『ダンス』……たしかにそう呼《よ》ぶと、いろんな種《しゅ》類《るい》を自《じ》由《ゆう》に踊《おど》っていいんだよ、って感《かん》じがして、いいかもって思《おも》った。

TikTok《ティックトック》で流行《はや》りの曲《きょく》を踊《おど》ってるわたしの、種類《しゅるい》も名前《なまえ》もわからないダンスも、仲《なか》間《ま》に入《い》れてもらえるかな。

そのままリヒトは、実際《じっさい》にハウスダンスのステップを見《み》せてくれた。

「ハウスダンスは、テンポ速《はや》めの曲《きょく》に合《あ》わせた、すばやいステップが特徴《とくちょう》なんだ」

ステップは速《はや》くて、足《あし》が忙《いそが》しそう、と思《おも》うくらい。だけどこれを、細《こま》かい音《おと》にぴったり合《あ》わせて踊《おど》れたら、とても気持《きも》ちよさそう！

「ヤコが『気《き》になる』って言《い》ってた技《わざ》は、フロアムーブのことだね。ハウスでよくやる動き《ムーブメント》なんだ」

そしてリヒトは、床《ゆか》に手《て》をついて、地面《じめん》すれすれを回《まわ》ってみせる。

低《ひく》い位置《いち》で体《からだ》を動《うご》かすダンスは、縦長《たてなが》のダンス動画《どうが》ではあまり見《み》ない気《き》がする。けど実際《じっさい》に見《み》ると、大胆《だいたん》に地面《じめん》を使《つか》って自由自在《じゆうじざい》に動《うご》くのは、リヒトの長《なが》い手足《てあし》が映《は》えて、すっごく迫力《はくりょく》があった。

「あ、今日《きょう》は制服《せいふく》なの忘《わす》れてた。ちょっと汚《よご》れちゃったかな」

立《た》ち上《あ》がったリヒトは、照《て》れくさそうに土埃《つちぼこり》を払《はら》う。ずれた眼鏡《めがね》を押《お》し上《あ》げた。

「フロアムーブは派手《はで》でカッコいいから、おれは好《す》き」

たしかに派手《はで》さもある。見《み》ていて、わくわくした。

(けど……一番《いちばん》は、『気持《きも》ちいい』って感《かん》じ)

ステップもフロアムーブも、リヒトの動《うご》きは、すばやいけどなめらかだ。ひとつひとつの動《うご》きを丁寧《ていねい》に、冷静《れいせい》に繋《つな》げていくリヒトのダンスには、ずっと見《み》ていられる気《き》持《も》ちよさがある。

まるで、流《なが》れる水《みず》みたい。

(もしかして、ダンスって、その人《ひと》のイメージが表《あらわ》れるものなのかも)

水《みず》、というのは、年上《としうえ》で落《お》ち着《つ》いてるリヒトにぴったりのイメージだ。

……わたしのダンスは、どんなイメージなんだろう？

自分《じぶん》の動画《どうが》を見返《みかえ》してもわからない。もっとうまくなったら、わかるのかな？

うまくなりたいと思《おも》った。リヒトみたいに。

「ね、リヒト。わたしに、ダンス教《おし》えてくれないかな。わたし、ひとりで動画《どうが》の真似《まね》とかして踊《おど》ってたから、ダンスの技術《ぎじゅつ》？　とか、よく知《し》らなくて……」

「え、独学《どくがく》ってことか。すごッ」

うーん、とリヒトは考《かんが》え込《こ》む。

「ヤコは、よく踊《おど》れてると思《おも》う。けど、習《なら》ったことないなら、教《おし》えるのは基礎《きそ》の技術《スキル》かな。たとえば、アイソレーションとか」

「アイソレ……？」

「見《み》てて」

リヒトは首《くび》を左右《さゆう》に、ぐねぐねと動《うご》かしてみせた。体《からだ》はピタッと止《と》まってるのに、首《くび》だけが動《うご》いている。そこだけ別《べつ》の生《い》き物《もの》みたいだ。

「体《からだ》の決《き》まった部位《パーツ》だけを動《うご》かす技術《ぎじゅつ》で、だいたいのダンスで役《やく》に立《た》つんだ。これができたら、ダンスのキレがすごくよくなるよ」

そのまま、リヒトは首《くび》だけじゃなくて、肩《かた》、胸《むね》、腰《こし》、といろんなところを動《うご》かしてみせる。体《からだ》の一《いっ》カ所《しょ》だけ動《うご》くなんて、不思議《ふしぎ》な感《かん》じだけど……わたしにもできそう。

「元々《もともと》、ヤコは肩《かた》のアイソレとか、無意識《むいしき》でも結構《けっこう》できてるけど。意識《いしき》しながら踊《おど》れたら、もっとよくなると思《おも》う」

真似《まね》して、わたしもぐねぐねと首《くび》を動《うご》かしてみるけど……あれ？　これ、思《おも》ったより、むずかしい！　首《くび》を動《うご》かそうとすると、一緒《いっしょ》に肩《かた》まで動《うご》いてしまいそうになる。

「あはは。地味《じみ》にキツいよな」

「うん。でも……これができたら、もっとダンスがよくなるんだよね？」

そしたら、きっともっとたのしくなる。練習《れんしゅう》は大変《たいへん》そうだけど……たのしいことの前《まえ》には、がんばらないといけないことがある、ってことだよね。

やるぞ……！　とこぶしを握《にぎ》る。

「練習《れんしゅう》、いつでも付《つ》き合《あ》うよ。ダンスチームの返事《へんじ》はゆっくりでいいし……」

「ううん」

首《くび》を振《ふ》る。返事《へんじ》は迷《まよ》ってたけど、今《いま》、決《き》まった。

「やる。やりたい」

真《ま》っ直《す》ぐ、リヒトの目《め》を見《み》る。不思議《ふしぎ》と、声《こえ》は詰《つ》まらなかった。

「気《き》づいたんだ。今日《きょう》、ひとりでもう一回《いっかい》踊《おど》ってみて……好《す》きに踊《おど》れるのは、たのしいって。でも昨日《きのう》、リヒトと一緒《いっしょ》に踊《おど》った時《とき》は、もっとたのしかった」

ひとりじゃ、物足《ものた》りなくなってしまったんだ。二人《ふたり》で、息《いき》を合《あ》わせて踊《おど》るのが、たのしいって知《し》っちゃったから。

「だから、チーム組《く》むよ。リヒトと一緒《いっしょ》に踊《おど》りたいから」

リヒトの表情《ひょうじょう》が、ぱっと明《あか》るくなる。さっきまでの大人《おとな》っぽい雰囲気《ふんいき》が消《き》えて、子《こ》どもっぽいやんちゃな笑顔《えがお》だ。

「ありがとう！」

リヒトは、昨日《きのう》と同《おな》じように、手《て》を差《さ》し出《だ》す。今日《きょう》のわたしは、握《にぎ》り返《かえ》す。

「うん、よろしく……ね」

握手《あくしゅ》は緊張《きんちょう》したけど、仲間《なかま》ができたうれしい気持《きも》ちと、これからがたのしみな気持《きも》ちの方《ほう》が、ずっと大《おお》きかった。

でも。……たのしいことの前《まえ》には、がんばらないといけないことがある。それは、練習《れんしゅう》だけの話《はなし》じゃなかったんだ。

リヒトは笑顔《えがお》のまま、続《つづ》けて言《い》った。

「コンテストに参加《さんか》するには、チームメンバーがもう一人《ひとり》必要《ひつよう》なんだ。おれの方《ほう》でも探《さが》してみるから、ヤコも心当《こころあ》たりあったら、よろしく！」

「えっ」

……もう一人《ひとり》、誘《さそ》わないといけないの？　わたしが!?

第《だい》3話《わ》 雪解《ゆきど》けのバレエダンサー

リヒトにメンバー探《さが》しを頼《たの》まれて。わたしは、すごく困《こま》っていた。

どうしよう。誘《さそ》える子《こ》なんていないよ！

そのまま、数日《すうじつ》が経《た》ってしまった。ダンスの練習《れんしゅう》は順調《じゅんちょう》。アイソレーションはだいぶできるようになった気《き》がするけど、勧誘《かんゆう》はちっともできていない。

休《やす》み時間《じかん》の、学校《がっこう》の教室《きょうしつ》。わたしは机《つくえ》の上《うえ》で、ため息《いき》をついた。

（メンバー探《さが》し、できなかった、って言《い》ったら、きっとリヒトは落《お》ち込《こ》むよね……）

このままじゃだめだ。せめて一人《ひとり》だけでもいいから、がんばって声《こえ》をかけてみよう。

でも、どんな子《こ》ならチームに入《はい》ってくれるだろう？

（わたしと同《おな》じくらいダンスが好《す》きな子《こ》、とか？）

そんな子《こ》、簡単《かんたん》に見《み》つかるかなぁ……。

ふと、前《まえ》の方《ほう》の席《せき》がざわざわしていることに気《き》づく。クラスメイトが、一人《ひとり》の女《おんな》の子《こ》の周《まわ》りに集《あつ》まっていた。

渡辺氷愛《ワタナベヒオ》。長《なが》い髪《かみ》がお嬢様《じょうさま》っぽくてきれいな子《こ》。クラスで一番背《いちばんせ》が小《ちい》さいけど、なんだか存在感《そんざいかん》があって、つい目《め》で追《お》っちゃうんだよね。

転校《てんこう》してきたばかりだから、わたしと同《おな》じで友達《ともだち》がいないはずだけど。

(でも、いつも堂々《どうどう》としててかっこいいんだよね……)

そういえば。渡辺《ワタナベ》さんはすごく姿勢《しせい》がいい。存在感《そんざいかん》があるのは、そのおかげだ。

なにか習《なら》い事《ごと》とか、してるのかな?

「ね、ね。渡辺《ワタナベ》さん、次《つぎ》のお休《やす》み、私《わたし》たちと一緒《いっしょ》に遊《あそ》びに行《い》かない?」

そわそわと、クラスメイトの女子《じょし》たちが、友達《ともだち》になりたそうに誘《さそ》う。

だけど、渡辺《ワタナベ》さんは冷《つめ》たくばっさり断《ことわ》った。

「むり。その日《ひ》はコンテンポラリーダンスのレッスンがあるから」

わたしは、ハッとした。今《いま》の話《はなし》……渡辺《ワタナベ》さん、ダンス習《なら》ってるんだ!

コンテンポラリーっていうのは初《はじ》めて聞《き》いたけど、きっとハウスダンスみたいにダンスの一種《いっしゅ》だ。

ダンスレッスンのために、あんなにばっさり遊《あそ》びの誘《さそ》いを断《ことわ》るなんて……。もしかして、わたしと同《おな》じくらい……ううん、わたしよりもダンスが好《す》きかもしれない!

わたしはガタッと立《た》ち上《あ》がって、廊下《ろうか》に出《で》て行《い》った渡辺《ワタナベ》さんを追《お》いかける。

「なに？　あなたも遊《あそ》びのお誘《さそ》い？」

じとり。渡辺《ワタナベ》さんのクールな目《め》が、わたしを見《み》つめる。

うっ。ひるんで、目《め》をそらしてしまった。

けど、ここで引《ひ》くわけにはいかない。せっかく見《み》つけたんだ。わたしと同《おな》じくらい、ダンスを好《す》きかもしれない子《こ》。

「わたたべさん！」

名前《なまえ》を呼《よ》ぼうとして……思《おも》いっきり、噛《か》んだ。あわてて言《い》い直《なお》す。

「わたたたべさん……！」

き、緊張《きんちょう》して舌《した》がもつれる～～！

「……ヒオでいいわ」

あきれたように渡辺《ワタナベ》さんあらため、ヒオは言《い》った。そのまま、立《た》ち止《ど》まってわたしの言葉《ことば》を待《ま》ってくれている。冷《つめ》たそうに見《み》えたけど、意外《いがい》と優《やさ》しい……。

深呼吸《しんこきゅう》、落《お》ち着《つ》いて、今度《こんど》こそ。

「ヒオ。わたしと一緒《いっしょ》に、ダンス……」

「むり」

ぴくっ。肩《かた》が跳《は》ねる。ヒオの声《こえ》は、吹雪《ふぶき》みたいに冷《ひ》ややかだった。

「どうせ遊《あそ》びでしょ。あたし、きらいなの。ダンスを遊《あそ》びだと思《おも》ってる子《こ》」

「え……？」

「だから、断《ことわ》る。あたし、レッスンで忙《いそが》しいの。遊《あそ》んでるヒマないから」

「ま、待《ま》って！」

反論《はんろん》、しなくちゃと思《おも》った。たしかに、わたしは遊《あそ》びでダンスを始《はじ》めた。アイドルが好《す》きで、ダンス動画《どうが》にハマって、自分《じぶん》でも踊《おど》ってみたくなった。それだけだ。

でも。

「遊《あそ》びだけど、真剣《しんけん》だから！」

叫《さけ》んだ。冷《つめ》たい目《め》で見《み》つめられて、なにも言《い》えなくなっちゃわないように、ぎゅっと目《め》をつぶって。

「話《はなし》だけでも聞《き》いて、ほしい……」

ヒオは軽《かる》くため息《いき》をついた。

「話《はなし》を聞《き》いて、あたしになにかいいことあるなら、聞《き》いてあげてもいいけど」

あとひと押《お》しってこと？　だめもとで、考《かんが》える。なにかヒオにいいこと……。

「えーと、えーと……駅前《えきまえ》のシュークリーム！　おごるから！」

……むりかなぁ。おそるおそる、目《め》を開《あ》ける。

「いいわ」

いいの!?


放課後《ほうかご》、駅前《えきまえ》の広場《ひろば》。ベンチで、ヒオと一緒《いっしょ》にシュークリームをほおばる。

ヒオは、シュークリームをひとくち食《た》べたとたん、「はあ～」と、大《おお》きな息《いき》を吐《は》いた。わたしは隣《となり》でびくっとする。

ヒオって、普段《ふだん》つんとすましてるのに、こんなにしあわせそうに笑《わら》うんだ……。

「そんなに、シュークリーム好《す》きなの？」

「大好《だいす》き。甘《あま》くておいしいいんだもの」

「そういえばヒオ、よく給食残《きゅうしょくのこ》してるけど、デザートは食《た》べてるもんね」

「……どうでもいいでしょ。そんなこと」

ぷい、とヒオは顔《かお》を背《そむ》けた。わ、わたし、余計《よけい》なこと言《い》った？

「ヤコ！」

向《む》こうから、制服姿《せいふくすがた》のリヒトがやってくる。

そのまま、すごい勢《いきお》いでわたしに近《ちか》づいて、ガシッと手《て》をつかんだ。

「本当《ほんとう》にメンバー候補《こうほ》を見《み》つけてくれるなんて！　おれの知《し》り合《あ》いのダンサーは、みんな予定合《よていあ》わなくてさ。誘《さそ》えなくて困《こま》ってたんだ。助《たす》かったよ！　ありがとう！」

「あ、わわ。どういたしまして、です」

急《きゅう》に手《て》を握《にぎ》られてびっくりした。リヒトって距離感近《きょりかんちか》いよね。

でもそんなに、よろこんでくれるなら、がんばってヒオに声《こえ》かけてよかった。

リヒトはわたしの手《て》を放《はな》して、ヒオの方《ほう》を向《む》いた。

「ヤコから話《はなし》は聞《き》いたよ。きみが、ヒオちゃんだね」

「ちゃんづけはいや。子《こ》どもっぽいから」

「了解《りょうかい》、ヒオ」

そして、リヒトはヒオに質問《しつもん》を続《つづ》けた。

「きみはバレエダンサーだろう？」

「そうよ」

「え？　でも習《なら》ってるのはコンテンポラリーダンスって……」

「コンテンポラリーはバレエから進化《しんか》したダンスだね。バレエダンサーも習《なら》うんだよ。クラシックバレエとの違《ちが》いは、振《ふ》り付《つ》けの自由度《じゆうど》が高《たか》くて……って、説明《せつめい》はいいか」

リヒトはスマホで、わたしに動画《どうが》を見《み》せてくる。

「ほら。ここに来《く》る前《まえ》にいろいろ調《しら》べたんだ。ヒオのこと」

それは、二年前《にねんまえ》のクラシックバレエ・コンクールの動画《どうが》だった。

「コンクールで金賞《きんしょう》だってさ」

舞台《ぶたい》に、ひらひらしたきれいなドレス……チュチュを着《き》たヒオが立《た》っている。

『四十一番《よんじゅういちばん》　渡辺氷愛《ワタナベヒオ》』

アナウンスの後《あと》、曲《きょく》がかかる。バイオリンの音色《ねいろ》に合《あ》わせて、ヒオのトウシューズを履《は》いた足《あし》が軽《かろ》やかに跳《は》ねる。

「見《み》て。パの繋《つな》ぎ方《かた》がすごくきれいだ」

「パ？」

「バレエの動《うご》きのことだよ」

「バレエは、パッて足《あし》を広《ひろ》げるから？」

「はは。たしかフランス語《ご》で、ステップって意味《いみ》だったかな」

じっと動画《どうが》を見《み》る。わたしは、バレエのことは何《なに》も知《し》らない。でも。

「……すごくうまい、ね」

見《み》るだけで、それが伝《つた》わる踊《おど》りだった。

画面《がめん》の中《なか》で、踊《おど》り終《お》えたヒオは、優雅《ゆうが》におじぎをした。会場《かいじょう》は拍手《はくしゅ》がなくて、しんと静《しず》まり返《かえ》っていた。きっと拍手禁止《はくしゅきんし》なんだ、と思《おも》った。だってそうじゃなかったら、ヒオのダンスにみんな拍手《はくしゅ》をしているに決《き》まってる。

そのくらい、上手《じょうず》だったんだ。

「本当《ほんとう》に、すごい子《こ》を誘《さそ》ったね」

リヒトも、ヒオの実力《じつりょく》になっていた。

でも、なんだか、ヒオのダンスには違和感《いわかん》があるような……。

(あ、わかった。笑顔《えがお》だ)

ヒオは踊《おど》ってる時《とき》、うっすらと笑《わら》っている。でもその笑顔《えがお》は、とっても冷《つめ》たいんだ。

（なんだか、演技《えんぎ》みたい……）

たしかバレエって劇《げき》みたいなダンスだから、演技《えんぎ》で合《あ》ってるのかもしれないけど。

でも、わたしはさっき、ヒオの本当《ほんとう》の笑顔《えがお》を見《み》たんだ。シュークリームをほおばっていた時《とき》の、すごくしあわせそうな笑顔《えがお》。

なのに、踊《おど》っている時《とき》の笑《え》みは、凍《こお》りついてる……。

わたしは、聞《き》いてみる。

「……ヒオって、踊《おど》るの、好《す》き？」

ヒオは、シュークリームを食《た》べる手《て》を止《と》める。

「きらいよ」

ばっさり。不機嫌《ふきげん》そうに、そう答《こた》えた。

わたしは、とまどう。ヒオを誘《さそ》ったのは、わたしと同《おな》じかそれ以上《いじょう》に、ダンスを好《す》きな子《こ》だと思《おも》ったから。

……でも、ちがったの？

ヒオはシュークリームの最後《さいご》のひと口《くち》を食《た》べ切《き》って、言《い》った。

「好《す》きとか関係《かんけい》ない。大事《だいじ》なのはあたしが一番《いちばん》うまいってこと。言《い》っておくけど……」

「ヒオ、口《くち》にクリームついてるよ」

途中《とちゅう》で、リヒトにそう言《い》われて、ヒオは口元《くちもと》をぬぐう。

「言《い》っておくけど」

もう一回《いっかい》言《い》い直《なお》した……。

「あたし、ダンスの世界《せかい》でプロを目指《めざ》してるから」

小《ちい》さな体《からだ》で、堂々《どうどう》と、ヒオは宣言《せんげん》する。

「あなたたち、コンテストに出《で》るためにチームメンバーを探《さが》してるって聞《き》いたけど。ストリートダンスのコンテストでしょ？　そういうダンスってプロになれるの？」

ぴくり、とリヒトの肩《かた》が動《うご》いた。

「プロになれない遊《あそ》びのダンスなんて、するヒマないわ」

ヒオは、腕組《うでぐ》みをして、鼻《はな》で笑《わら》った。

(な、な、なんか……やな感《かん》じ！)

ヒオのえらそうな言《い》い方《かた》にむかむかして、わたしは、ついぼそっと言《い》ってしまう。

「そんなだから、転校《てんこう》してから友達《ともだち》できてないんじゃん……」

「友達《ともだち》いないのは、ヤコもでしょ。教室《きょうしつ》でいつもひとりぼっちじゃない」

「い、いるもん！」

隣《となり》にいたリヒトの腕《うで》をぐい、とひっぱる。

「お」

「友達《ともだち》……だよね⁉」

「たしかに。一緒《いっしょ》に踊《おど》ったら、もう友達《ともだち》だよなー」

リヒトはにっこり笑《わら》った。やさしい……！　ありがとう！

「じゃあ、おれがヒオの質問《しつもん》に答《こた》えようか」

『ストリートダンスでプロになれるのか』

それが、ヒオの質問《しつもん》だった。

「なれるよ、プロに。ストリートダンスの中《なか》でもブレイキンってジャンルは、オリンピック種目《しゅもく》になったたし、ダンスのプロリーグだってできたんだから」

リーグって、野球《やきゅう》やサッカーでよく聞《き》くやつだ。たしかリーグ戦《せん》とかいって、毎年《まいとし》大会《たいかい》が開《ひら》かれてるよね。……ダンスにもそのくらい大《おお》きな大会《たいかい》があるってこと⁉

「それに。おれも、プロのダンサーを目指《めざ》してるんだ」

「え、そうだったの……？」

「まあ一応《いちおう》、ね。コンテストは、プロを目指《めざ》すための第一歩《だいいっぽ》、って感《かん》じかな」

リヒトは照《て》れくさそうにはにかんだ。

わたしは、プロとか全然《ぜんぜん》わからないけど……目指《めざ》すのは、すごいと思《おも》う。二人《ふたり》とも。

「プロのダンサーには、バレエ出身《しゅっしん》の人《ひと》もいるし、コンテストでは、コンテンポラリーも含《ふく》めて、いろんな種類《しゅるい》のダンスをやれる。ヒオもきっと、たのしめると思《おも》う。

……もちろん、ヒオがバレエを好《す》きだっていうなら、むりに誘《さそ》う気《き》はないけど」

リヒトは眼鏡《めがね》を押《お》し上《あ》げて、続《つづ》ける。

「でも『プロのバレエダンサー』を目指《めざ》してる、じゃなくて、『ダンスの世界《せかい》でプロを目指《めざ》す』って言《い》ったのは、バレエ以外《いがい》にも興味《きょうみ》あるからじゃないか？」

ヒオは、図星《ずぼし》を突《つ》かれた、って感《かん》じで、一瞬《いっしゅん》黙《だま》った。

「そうね、それでコンテンポラリーも始《はじ》めたとこ。そっちのダンスも悪《わる》くないかも。

コンテスト、ヒマつぶしに出《で》てあげてもいいかなって思《おも》った」

あれ。なんだかチームに入《はい》ってくれそうな、雰囲気《ふんいき》……？

「でも。あたし、うまい子《こ》としか踊《おど》る気《き》ないから。うまいの？　あなたたち」

むか。とする。さっきから言《い》い方《かた》っ、なんでそんなに、いじわるかなぁ!?

「そうだ。ストリートには、ダンスバトルっていうのがあるんでしょう？　あたしをチームに入《い》れたいなら、バトルして、勝《か》ってみせてよ」

ヒオは、ふふん。と腕《うで》を組《く》んで、そう言《い》った。

わたしは、ぷつん、と、我慢《がまん》の糸《いと》が切《き》れた。

よくないと思《おも》った。そんな、自分《じぶん》が一番《いちばん》えらい、みたいな言《い》い方《かた》。友達《ともだち》減《へ》るし、炎上《えんじょう》するし、なにより言《い》われた方《ほう》が傷《きず》つく。わたしはいいけど、友達《ともだち》に、優《やさ》しいリヒトにそんな態度《たいど》をとってほしくなかった。

「わかった、おれが……」

「ううん、リヒト。わたしがやる。わたしが誘《さそ》ったんだから、誘《さそ》ったわたしがバトルするべきだよ」

バトルを受《う》けようとしたリヒトを止《と》めて、前《まえ》に出《で》る。

「ごめんね。こんな失礼《しつれい》な子《こ》、連《つ》れてきちゃって」

「気《き》にしてないよ、このくらい。おれの幼馴染《おさななじみ》のダンサーとかもっとヤバかったし。喧嘩《けんか》っ早《ぱや》くてさ、ダンス始《はじ》めてから喧嘩《けんか》はしなくなったけど、すぐ人《ひと》にダンスバトルしかけるんだよね」

「え、ちょっとこわ……」

ダンサーってリヒトみたいに優《やさ》しい人《ひと》だけじゃなくて、いろんな人《ひと》がいるんだ……。

「それに、おれもヒオを誘《さそ》いたいと思《おも》ってるからね。あの子《こ》はきっと、バレエより
こっちの世《せ》界《かい》に向《む》いている」

「……？　どうしてわかるの？」

リヒトは苦《く》笑《しょう》した。

「バレエでプロになるには、厳《きび》しい条《じょう》件《けん》があるんだ。……だから、見《み》たらわかってし
まった。ヒオの悩《なや》みも」

もしかしてそれが関《かん》係《けい》あるのかな。ヒオが『踊《おど》るのはきらい』って言《い》った理《り》由《ゆう》にも。

ダンスバトルは、そのまま広《ひろ》場《ば》ですることになった。

「硬《かた》い地《じ》面《めん》でバレエ踊《おど》ると怒《おこ》られるから、バトルは一《いっ》曲《きょく》だけね。同《おな》じ曲《きょく》で、順《じゅん》番《ばん》に踊《おど》
りましょう」

ヒオは足《あし》を高《たか》く上《あ》げて、準《じゅん》備《び》運《うん》動《どう》を始《はじ》める。

「なんの曲《きょく》にする？　わたし、最《さい》近《きん》のJ《ジェイ》-POP《ポップ》ならだいたい踊《おど》れるけど……」

「じゃあクラシック」

『じゃあ』はおかしくない？　クラシックってバレエで使《つか》う曲《きょく》でしょ。絶対《ぜったい》、ヒオの得意《とくい》な曲《きょく》じゃん……。

「チャイコフスキーの組曲《くみきょく》、くるみ割《わ》り人形《にんぎょう》から『あし笛《ぶえ》の踊《おど》り』にしましょう」

「くるみ割《わ》り人形《にんぎょう》……絵本《えほん》でなら、読《よ》んだことある」

「世界三大《せかいさんだい》バレエのひとつよ。前《まえ》の発表会《はっぴょうかい》で踊《おど》ったの」

金賞取《きんしょうと》るぐらいだし、ヒオの実力《じつりょく》なら、きっと発表会《はっぴょうかい》では主役《しゅやく》だったんだろうな。

ヒオはかばんからタブレットを取《と》り出《だ》して、操作《そうさ》する。

「曲《きょく》はピアノバージョンにしてあげる。本当《ほんとう》はフルートの演奏《えんそう》だけど、慣《な》れてないとなめらかすぎて、リズムが取《と》りにくいだろうから」

リヒトに借《か》りた持《も》ち運《はこ》び用《よう》の小《ちい》さなスピーカーから、曲《きょく》が流《なが》れる。タラララン、と弾《はず》むような、ピアノの音《おと》。

「あ、どこかで聞《き》いたことあるかも？」

ほっとした。これなら踊《おど》れそう。けど、リヒトが後《うし》ろから呟《つぶや》く。

「きついな」

「え？」

「クラシックバレエ用《よう》の曲《きょく》は、普段《ふだん》ヤコが踊《おど》っている曲《きょく》とは全然《ぜんぜん》違《ちが》うから。いつものようには踊《おど》れないと思《おも》う」

「じゃあ、ヒオの真似《まね》して踊《おど》ってみる。わたしけっこう、真似《まね》するの得意《とくい》なんだよ」

振《ふ》り付《つ》けとか、すぐ覚《おぼ》えられるし。でも、リヒトは首《くび》を横《よこ》に振《ふ》った。

「いや、バレエは、バレエ用《よう》の体《からだ》ができてないと難《むずか》しいんだ」

たしかに、わたしはヒオみたいに高《たか》く足《あし》を上《あ》げられない。

「だからヤコは、いつものヤコの踊《おど》り方《かた》で、いつもと違《ちが》う曲《きょく》に合《あ》うように、考《かんが》えて踊《おど》らないといけない」

「む、むずかしそう……」

「曲《きょく》を変《か》えてもらおう。これじゃ、全然《ぜんぜん》、バトルとして公平《こうへい》じゃない」

「……ううん。この曲《きょく》で大丈夫《だいじょうぶ》。ヒオの一番得意《いちばんとくい》な踊《おど》りを、見《み》たいから」

それに、普段《ふだん》ヒオが踊《おど》ってるのと同《おな》じ曲《きょく》で踊《おど》ったら、ヒオのことが、わかるかもしれない。あんなにうまいのに、ヒオが、ダンスはきらいだと言《い》ったわけが。

「いい度胸《どきょう》。審査員《しんさいん》はいないけど、勝《か》ち負《ま》けは自分《じぶん》たちで決《き》めましょう。ダンスやってるならわかるよね？　見《み》れば、どっちの方《ほう》がうまい、なんてこと」

最初《さいしょ》に踊《おど》るのは、ヒオから。

流《なが》れ出《だ》す、軽《かろ》やかな音楽《おんがく》に合《あ》わせて、ヒオはふわりと爪先《つまさき》で地面《じめん》を跳《と》びはねる。

ヒオの手足《てあし》は柔《やわ》らかく、よく伸《の》びて。ピンと伸《の》びた背筋《せすじ》は空《そら》から糸《いと》に引《ひ》っ張《ぱ》られているようにブレない。

（ヒオの体《からだ》は、小《ちい》さいはずなのに……すごく、大《おお》きく見《み》える）

そして曲《きょく》は、軽《かろ》やかで明《あか》るいパートから一転《いってん》。ピアノの音《おと》は、激《はげ》しく速《はや》くなる。

ヒオはそれに合《あ》わせて、大技《おおわざ》をくり出《だ》した。くるりとターンをする。一回《いっかい》だけじゃなく、何回《なんかい》も、何回《なんかい》も繰《く》り返《かえ》し。こまのように、爪先《つまさき》を軸《じく》に、くるくるくると。

風《かぜ》を受《う》けた髪《かみ》が、ふわりと広《ひろ》がって円《えん》を描《えが》く。

足《あし》をぴんと伸《の》ばせるトゥシューズじゃないから、ヒオの爪先立《つまさきだ》ちは、本番《ほんばん》の動画《どうが》よりも少《すこ》し低《ひく》い。服《ふく》だって、舞台《ぶたい》で着《き》ていたのとは違《ちが》う、スポーティなパンツスタイルだ。だけど、実際《じっさい》に踊《おど》るヒオは負《ま》けないくらいに華《はな》やかで、きらきらと輝《かがや》いてみえた。

駅前《えきまえ》の、ごく普通《ふつう》の広場《ひろば》なのに、まるで優雅《ゆうが》な妖精《ようせい》が舞《ま》い踊《おど》っているみたい。

わたしは息《いき》をするのも忘《わす》れて、見入《みい》った。

これが、バレエダンサーの踊《おど》り方《かた》。しなやかで、繊細《せんさい》で、優雅《ゆうが》で……でも、芯《しん》の通《とお》ったような体《からだ》からくり出《だ》される技《わざ》は、華《はな》がある。

広場《ひろば》を通《とお》りかかった人《ひと》たちも、足《あし》を止《と》めて、ヒオの踊《おど》りを見《み》ていた。

(……やっぱり。うまい)

ただ、うまいだけじゃない。見《み》ていて、心《こころ》が動《うご》くんだ。

(わたし……ヒオの性格《せいかく》はきらいだけど。ダンスは、すごく、好《す》きだ)

踊《おど》る前《まえ》のヒオは、冷《つめ》たい印象《いんしょう》だった。言葉《ことば》はつららみたいに尖《とが》って、鋭《するど》くて、態度《たいど》はつんと冷《つめ》たい冬《ふゆ》の空気《くうき》みたい。

だけど踊《おど》っているヒオからは、真反対《まはんたい》の印象《いんしょう》がした。

柔《やわ》らかな動《うご》きは、優《やさ》しい春《はる》の日差《ひざ》しみたい。軽《かろ》やかなステップは、見《み》ているだけでたのしくなって、わたしまでかかとを浮《う》かせてしまう。

(なのに。ヒオの、笑顔《えがお》だけは……冷《つめ》たいまま)

春《はる》になっても溶《と》けきらない雪《ゆき》が、残《のこ》っているみたいに。

見《み》ているわたしはたのしいのに、ヒオは全然《ぜんぜん》、ちっとも、たのしいと思《おも》ってないみたいで。それだけが、気《き》になってしょうがなかった。

こんなに上手《じょうず》に踊《おど》れるのに。こんなに、人《ひと》の心《こころ》を動《うご》かすダンスができるのに。

(どうして、たのしそうじゃないんだろう)

曲《きょく》が終《お》わった。ヒオは、お辞儀《じぎ》まで完璧《かんぺき》にしてみせた。周《まわ》りで見《み》ていた人《ひと》たちは、大《おお》きな拍手《はくしゅ》をしていた。

「次《つぎ》はヤコの番《ばん》よ」

踊《おど》る前《まえ》と同《おな》じ、つんとすました態度《たいど》でうながす。ヒオの集《あつ》めた観客《かんきゃく》は残《のこ》っていて、遠巻《とおま》きに、興味津々《きょうみしんしん》に、わたしたちを見《み》ていた。

……緊張《きんちょう》する。勝《か》てるかな?

リヒトが、わたしの肩《かた》を叩《たた》いた。

「ヤコ、今《いま》は、勝《か》つことは考《かんが》えなくていい。たのしんでおいで」

「……うん!」

もう一度《いちど》、曲《きょく》が始《はじ》まる。

クラシックは、昔《むかし》からずっと、愛《あい》されてきた曲《きょく》。いろんなところで使《つか》われてきたから聞《き》いたことはあるけど、作《つく》られた時代《じだい》が違《ちが》うから、少《すこ》し聞《き》き慣《な》れない感《かん》じがする。

『あし笛《ぶえ》の踊《おど》り』……題名《だいめい》にもあるように、これはきっと、踊《おど》るための曲《きょく》だ。

最初《さいしょ》にヒオのダンスを見て、思《おも》ったんだ。この曲《きょく》を作《つく》った人《ひと》は、バレエの動《うご》きが一《いち》番《ばん》きれいに見《み》えるように、曲《きょく》を作《つく》ったんじゃないかな、って。

そのくらい、ヒオの踊《おど》りは曲《きょく》にぴったり合《あ》っていたから。

大昔《おおむかし》に、バレエのために作《つく》られた曲《きょく》。それに、即興《そっきょう》でわたしがダンスをつけるのは、多分《たぶん》、無茶《むちゃ》だ。どうしたらいいか、わからない。

でも、わくわくもしてるんだ。

(わからないことは、たのしい)

リヒトに会《あ》って、一緒《いっしょ》に踊《おど》って、そう思《おも》ったから。

わからないから、なんとか自分《じぶん》で考《かんが》えて。それで考《かんが》えたダンスが、うまくハマった時《とき》、すごくたのしい、って思《おも》えるって知《し》ったから。

まずは音楽《おんがく》に、耳《みみ》をすませる。

テンポ自体《じたい》はそんなに速《はや》くない。けど音《おと》が細《こま》かいから慌《あわ》ただしい印象《いんしょう》かも。タンッタンッタンッと、弾《はず》むようなピアノの音《おと》は、ちょこまかと、誰《だれ》かが鍵盤《けんばん》の上《うえ》で駆《か》け回《まわ》ってるみたい。

こういう、音《おと》が短《みじか》く弾《はじ》けるような演奏《えんそう》のこと、なんていうんだっけ。……ええと、たしか、スタッカートだ。

タタタタッと、小刻《こきざ》みにピアノの音《おと》が鳴《な》る。ヒオが、爪先立《つまさきだ》ちで小刻《こきざ》みに、ステップを踏《ふ》んでいたパートだ。わたしは代《か》わりに、リヒトのやっていたハウスダンスのすばやいステップを合《あ》わせてみる。

……う〜ん！　なんか、リズムにはむりやり合《あ》わせられても、ステップが柔《やわ》らかいバレエ曲《きょく》に似合《にあ》わない！　どうしても、かっこよくなりすぎちゃう。

優雅《ゆうが》な曲《きょく》に、かっこいい振《ふ》り付《つ》けを合《あ》わせたら面白《おもしろ》いと思《おも》ったんだけど……。

(もっと、曲《きょく》に似合《にあ》うように踊《おど》れたらいいのかな？)

考《かんが》える。これは、いったいどんな曲《きょく》なんだろう。

普段聞《ふだんき》いている曲《きょく》と違《ちが》って歌詞《かし》はないけど、曲自体《きょくじたい》にストーリーはあるはず。

この曲《きょく》は『くるみ割《わ》り人形《にんぎょう》』の組曲《くみきょく》のうちのひとつ、だっけ。絵本《えほん》でなら、小《ちい》さい頃《ころ》に読《よ》んだことがある。たしかクリスマスのお話《はなし》だ。お菓子《かし》の国《くに》で、たのしい冒険《ぼうけん》をする話《はなし》だった。

(じゃあ、とびきりたのしそうに踊《おど》らなきゃ……！)

弾《はず》むピアノのスタッカートに合《あ》わせて、アイソレーションを入《い》れてみる。

肩《かた》を、胸《むね》を、小刻《こきざ》みなリズムに合《あ》わせて動《うご》かして。自分自身《じぶんじしん》が楽器《がっき》になったつもりで、ピアノと一緒《いっしょ》に、体《からだ》で演奏《えんそう》をするイメージで。

（曲《きょく》が、目《め》で見《み》ても気持《きも》ちよくなるように！）

音《おと》が伸《の》びやかに　タラララン、と響《ひび》く。ヒオはここで、パッと優雅《ゆうが》に手足《てあし》を広《ひろ》げていた。わたしも、大《おお》きく見《み》える動《うご》きがしたい。

（フロアムーブ！）

なめらかに、地面《じめん》を滑《すべ》るように回《まわ》る。あくまで、たのしげに。でも、曲《きょく》の柔《やわ》らかさに、少《すこ》しでも似合《にあ》うように、意識《いしき》して。

手《て》の動《うご》きは、ヒオのバレエの真似《まね》をした。指先《ゆびさき》に、羽《はね》みたいな繊細《せんさい》さが、宿《やど》るように。わたしは、ヒオのダンスが好《す》き。好《す》きなものは真似《まね》したいから。

そして、曲《きょく》は一転《いってん》、速《はや》く激《はげ》しくなる。ヒオの一番《いちばん》すごかったパートだ。連続《れんぞく》ターン、ヒオはこまのようにくるくると回《まわ》ってみせた。

回《まわ》っている時《とき》の、ピンと伸《の》びた背筋《せすじ》や、少《すこ》しもブレない軸足《じくあし》……あれは、きっとバレエで鍛《きた》えた体《からだ》がなければ真似《まね》できない。わたしは、あんなふうには踊《おど》れない。

けど。わたしが今《いま》から真似《まね》をする、リヒトのジャンプターンだって。

(かっこいいんだから!)

地面《じめん》を蹴《け》って、優雅《ゆうが》にかっこよく、ジャンプターン。

ヒオの真似《まね》っこと、リヒトの真似《まね》っこを、考《かんが》えて、合《あ》わせて、混《ま》ぜて、わたしのものにしよう。うまさでかなわないなら、せめて。これが好《す》きだって、これがたのしいんだって、伝《つた》えよう。

ヒオのようには踊《おど》れなくても。わたしは、わたしが今《いま》、できることを、精一杯《せいいっぱい》!


ジャン、と。ようやく、最後《さいご》のピアノの音《おと》が鳴《な》って、我《われ》に返《かえ》った。

ヒオの番《ばん》で集《あつ》まった観客《かんきゃく》はまだ残《のこ》っていて、拍手《はくしゅ》はまあまあの大《おお》きさ。……ヒオの時《とき》より、小《ちい》さいかも。

でも、リヒトは大《おお》きく拍手《はくしゅ》をしてくれたし、ヒオは大《おお》きく目《め》を見開《みひら》いていた。最後《さいご》まで、しっかりと見《み》てくれたんだ、と思《おも》った。

わたしは、声《こえ》を上《あ》げる。思《おも》ったよりも大《おお》きな声《こえ》が出《で》た。

「あ~! 負《ま》けた……!」

たくさん動《うご》いたから、心臓《しんぞう》がばくばくする。なんだか言葉《ことば》があふれてくる。

「ヒオ、バレエってすごいね！　あ、習《なら》ってるのはクラシックバレエだっけ。クラシックって、古《ふる》くていいもの……みたいな意味《いみ》だったよね。昔《むかし》からずっと、曲《きょく》に合《あ》わせて、どんな振《ふ》り付《つ》けがいいかなって、考《かんが》えられてきたんだろうな。わたしが、一瞬《いっしゅん》で考《かんが》えたフリでかなうわけないし、ずっと練習《れんしゅう》してきたヒオにも、かなうわけなかったや。でも、たのしかった！　ありがとう」

　すらすらと喋《しゃべ》れたのは、踊《おど》った後《あと》でテンションが上《あ》がってるからかな。それとも、リヒトと話《はな》してちょっと慣《な》れたからかな。

　わたしはリヒトの方《ほう》を向《む》く。『ごめん、リヒト。メンバーは、探《さが》しなおしだね』と、言《い》おうとして。その前《まえ》に、ヒオが呟《つぶや》いた。

「どうして」

「え？」

　ヒオはうつむいていて、表情《ひょうじょう》は見《み》えない。

「くやしい。あたしの方《ほう》が絶対《ぜったい》、うまいのに」

　顔《かお》を上《あ》げたヒオは、涙目《なみだめ》でわたしをにらんでいた。

「どうして。そんなに、ダンスが好《す》きって顔《かお》で、踊《おど》れるの」

あたし、渡辺氷愛《ワタナベヒオ》の好《す》きなものは、甘《あま》いもの。好《す》きなことは、一番《いちばん》になること。

バレエを始《はじ》めたのは、ママの憧《あこが》れの習《なら》い事《ごと》だから。好《す》きでもなんでもなかったけど、あたしが教室《きょうしつ》で一番《いちばん》うまかったから、それが続《つづ》ける理由《りゆう》になった。

褒《ほ》められるのは、気持《きも》ちがいい。コンクールでぴかぴかの表彰盾《ひょうしょうだて》をもらうのは、最高《さいこう》の気分《きぶん》。

(あたしが、一番《いちばん》なんだから!)

だから、プロを目指《めざ》そうと思《おも》った。だって一番《いちばん》をとりつづけたら、自然《しぜん》と、プロになるものでしょう? あたしなら、当然《とうぜん》、なれるはず。

——そう思《おも》ってた。高学年《こうがくねん》になって、身長《しんちょう》の伸《の》びが、止《と》まるまでは。

バレエの世界《せかい》でプロになるには、条件《じょうけん》がある。それは、身長《しんちょう》がある程度《ていど》高《たか》いこと。

プロのバレエ団《だん》には、身長制限《しんちょうせいげん》があることが多《おお》いから。もちろん、小柄《こがら》なまま、バレエ団《だん》で一番《プリマ》になったバレリーナもいるけれど……きっと、とても厳《きび》しい、茨《いばら》の道《みち》。

一年前《いちねんまえ》、あたしの成長《せいちょう》は一四〇《ひゃくよんじっ》センチ台《だい》で、ぴたりと止《と》まってしまった。身長《しんちょう》は伸《の》びないのに、体重《たいじゅう》はまだまだ成長期《せいちょうき》みたいで、そっちばかり増《ふ》えていく。バレリーナは、モデルくらい細身《ほそみ》じゃないといけないのに……。

食《た》べる量《りょう》を減《へ》らして、好《す》きだった甘《あま》いものも我慢《がまん》して、なんだか毎日《まいにち》ずっといらいらするようになって、人《ひと》に冷《つめ》たく当《あ》たるようになって、友達《ともだち》も減《へ》って。

それで、気《き》づいたの。

(……あ、むりかも)

あたしは、プロになれないかもしれない。って。

ううん、ものすごくがんばれば、なれるかも。でも、プロになったとして。

(この体《からだ》じゃ……バレエの世界《せかい》では、一番《いちばん》のダンサーになれない)

そう気《き》づいたとたん、練習《れんしゅう》に集中《しゅうちゅう》できなくなって、一番《いちばん》にもなれなくなった。コンクールの金賞《きんしょう》も発表会《はっぴょうかい》の主役《しゅやく》も、あたしのものじゃ、なくなった。

(……もういいわ、もういいや)

踊《おど》るのなんて、やめちゃおう。

『一番《いちばん》になれなくても、好《す》きなら続《つづ》けていいんだよ』ってママは言《い》ってくれたけど。

意味《いみ》がわからなかった。

あたしは、踊《おど》るのなんて好《す》きじゃない。一番《いちばん》になれないなら、きらいだ。

好《す》きなのは、一番《いちばん》になることだもの。なれないなら意味《いみ》がない。

……そう思《おも》ってたのに。


「やめられなかったの」

バトルが終《お》わった後《あと》。あたしは思《おも》わずヤコにぶつけていた。誰《だれ》にもずっと言《い》えなかった、悩《なや》みを。

「あたし、ほんとはもう……踊《おど》るの、やめようと思《おも》ってたのに」

感情《かんじょう》があふれ出《だ》してしまったのは、ヤコのダンスを見《み》たからだ。

あたしは、意地悪《いじわる》をして曲《きょく》を選《えら》んだ。バレエの曲《きょく》なら負《ま》けるはずないと思《おも》ったから。

実際《じっさい》、ヤコのダンスはなんだかちぐはぐ。いきなりバレエの曲《きょく》に、ストリートのダンスを合《あ》わせるなんて、うまくできっこなくて当《あ》たり前《まえ》。

でもあたしは、ヤコのダンスを見《み》たとたん。くやしくて、くやしくて、しかたなかった。だって踊《おど》ってるヤコは、ずうっと、たのしそうだったから。

……心《こころ》が、揺《ゆ》さぶられてしまったの。

泣《な》くのは、ぎりぎりで耐《た》えた。でも、涙《なみだ》があふれるみたいに、言葉《ことば》がどんどんあふれてしまう。

「だって！　全然《ぜんぜん》身長《しんちょう》伸《の》びないし、好《す》きなもの我慢《がまん》してるのに体重《たいじゅう》ばっか増《ふ》えるし、このままじゃプロになれない、どうすればいいかわからなくて、一番《いちばん》にもなれなくなって、あたしは、全然《ぜんぜん》たのしくないのに……。

踊《おど》るのがやめられないの。プロになるって、小《ちい》さな頃《ころ》から思《おも》ってたから、諦《あきら》められない。……こんなに苦《くる》しいのに！」

わかってほしいんじゃない。わからせて、やりたかった。

踊《おど》るのをたのしいと思《おも》えない、あたしの気持《きも》ちを。

「ずるい。ヤコはそんなに、たのしそうに踊《おど》れるなんて」

……レッスンに通《かよ》って、周《まわ》りの子《こ》たちと自分《じぶん》を比《くら》べるたびに、思《おも》ってた。たのしそうに踊《おど》る子《こ》はきらい。遊《あそ》ぶみたいに踊《おど》る子《こ》はきらい。好《す》きだからって理由《りゆう》で踊《おど》れる子《こ》は、きらいだ、って。

だって一番《いちばん》になることしかたのしくない、あたしとは違《ちが》うから。

（ずるい、ずるい……うらやましい。あたしだって、踊《おど》るのがたのしかったなら……）

やめようとか、やめられないとか、きっとこんなに悩《なや》んだりしなかったのに。

ヤコはあたしの言葉《ことば》に、返事《へんじ》をしなかった。だまってじっと何《なに》かを考《かんが》えて、それから、ゆっくりと口《くち》を開《ひら》いた。

「ヒオは、一番《いちばん》になるのが好《す》きなんだよね」

「……そうよ」

「じゃあ、うまくなるのは、好《す》き？」

あたしは考《かんが》える。

「好《す》きよ。当然《とうぜん》。だって、うまくなったら一番《いちばん》になれるもの」

ヤコは、ひとりごとみたいに、言《い》った。

「なんだ。ヒオ、ダンス好《す》きじゃん」

「……は？」

「あ、えっとね。そう思《おも》った理由《りゆう》はね」

ヤコの声《こえ》は弾《はず》んでいた。ダンスの興奮《こうふん》が冷《さ》めないみたいに。教室《きょうしつ》ではいつも静《しず》かなのに、踊《おど》った後《あと》はよく喋《しゃべ》るんだ、と思《おも》った。

「わたしさ、塾《じゅく》に通《かよ》ってるんだ。算数《さんすう》のテストの点《てん》が悪《わる》すぎて、親《おや》に怒《おこ》られて。それで塾行《じゅくい》ってからは、ちょっと算数《さんすう》できるようになったんだけどね。……ぜんっぜんうれしくないの。なんか、どうでもいいかな～って感《かん》じ」

……なんの話《はなし》？

「不思議《ふしぎ》だよね。ダンスなら、できることが増《ふ》えて前《まえ》よりうまくなったら、すっごくうれしいのに。好《す》きなことじゃないと、うまくなるのもうれしくないんだね」

そこまで聞《き》いて、ヤコがなにを言《い》おうとしているのか、わかった気《き》がした。

「うまくなるのが好《す》きなら、ヒオは、きっとダンスが好《す》きなんだよ」

「あ……」

……あたし、ダンスのこと、好《す》きだったの？

練習《れんしゅう》を続《つづ》けた毎日《まいにち》のことを、思《おも》い出《だ》す。初《はじ》めてターン《ピルエット》ができるようになった日《ひ》のこと、初《はじ》めてトゥシューズで踊《おど》れるようになった日《ひ》のこと、初《はじ》めて、ソロ曲《ヴァリエーション》を踊《おど》れるようになった日《ひ》のこと……。

たのしかったかは、わからない。練習《れんしゅう》はいつもたいへんだったから。でも、ひとつひとつできることが増《ふ》えていったのは、たしかにうれしかったはず。

うれしかったのは、好《す》きだったから……。

ヤコは真《ま》っ直《す》ぐに、あたしの目《め》を見《み》る。

「わたしは、プロとかわからないから。ヒオの気《き》持《も》ちもわからないかも。だけど踊《おど》る前《まえ》はおどおどして、全然《ぜんぜん》目線《めせん》が合《あ》わなかったくせに。

「わたしは、ヒオの踊《おど》りが好《す》きだから。ヒオとバトルするのが、たのしかったから。友達《ともだち》になりたいって、思《おも》ったから」

ヤコは、堂々《どうどう》と、あたしに手《て》を伸《の》ばす。

「わたしと一緒《いっしょ》にダンス、しよ？」

——踊《おど》るのは、好《す》き。

好《す》きだけど、たのしくない。あたしは一番《いちばん》になるのが好《す》きだから。一番《いちばん》になることはたいへんで、なれなかったら苦《くる》しくて、たのしさを感《かん》じるヒマなんてないから。

でも、あたしを誘《さそ》うヤコの瞳《ひとみ》は、きらきらとたのしそうに輝《かがや》いている。星《ほし》のよう

……ううん、星《ほし》よりも、もっと眩《まぶ》しい光《ひかり》かも。

ねえ、もしかして。

たのしそうに踊《おど》る、あなたと一緒《いっしょ》なら。

(あたしにも、たのしさがわかるかな)

わたしは、ヒオをチームに誘《さそ》いながら、どきどきしていた。

バトルには負《ま》けた〜って思《おも》ってたけど。ヒオはわたしのダンスを『たのしそう』って褒《ほ》めてくれたし。もしかしたら、やっぱりチームに入《はい》るって言《い》ってくれるかも……!

けど。ヒオは、わたしの出《だ》した手《て》から、ふいっと顔《かお》をそらした。

(……ダメ!?)

しょんぼりと手《て》をしまった。

ヒオはわたしじゃなくて、リヒトの方《ほう》を向《む》く。

「ねえ、リヒト。プロのダンサー目指《めざ》してるって言《い》ったよね。聞《き》きたいことがあるの」

「なにかな」

「あたし、多分《たぶん》。もうバレエでは一番《いちばん》になれないの。茨《いばら》の道《みち》でもがんばろうと思《おも》えるほど、あたしには『好《す》き』が足《た》りなかったから。だから他《ほか》で、一番《いちばん》になるために、新《あたら》しくダンスを始《はじ》めるとしたら……それって、逃《に》げ？」

（逃《に》げじゃないよ！）

わたしの心《こころ》は、そう言《い》ったけど。さっきまで、すらすらと喋《しゃべ》れたのが嘘《うそ》みたいに、声《こえ》は出《で》なくなっていた。多分《たぶん》、さっきたくさん喋《しゃべ》ったから、エネルギーを使《つか》い果《は》たしたんだと思《おも》う。きゅう……。

リヒトは、ヒオの質問《しつもん》にうなずいて。冷静《れいせい》に答《こた》える。

「……逃《に》げかもね」

（え!?）

「でも」

リヒトは、優《やさ》しい声《こえ》で続《つづ》けた。

「逃《に》げるが勝《か》ちって言葉《ことば》もある。逃《に》げて新《あたら》しいことを始《はじ》めて、新《あたら》しい武器《ぶき》を手《て》に入《い》れることは、きっと勝《か》つために役《やく》に立《た》つ。それは、悪《わる》いことじゃないはずだ」

「……そう」

ヒオは、納得《なっとく》したようにうなずく。でもまだ、チームに入《はい》るとは言《い》ってくれない。もしかして、また、あとひと押《お》しが足《た》りないって感《かん》じ……？

「あ。それと」

リヒトが思《おも》い出《だ》したように言《い》った。

「こっちのダンスは食事制限《しょくじせいげん》とかないよ。好《す》きなもの、我慢《がまん》しなくていい」

ヒオの目《め》が、きらりと光《ひか》った。

「やるわ」

その目《め》は、わたしでもリヒトでもなくて、ベンチに置《お》きっぱなしのシュークリームの空箱《からばこ》を見《み》ていた。ごくり、とヒオの喉《のど》が動《うご》く。

……あれ？　ヒオが『やるわ』って言《い》った理由《りゆう》って。ダンスが好《す》きだからとか、わたしと一緒《いっしょ》に踊《おど》りたいと思《おも》ってくれたから、とかじゃなくて。

……好《す》きなだけシュークリームが、食《た》べたいから？

（な、なんか納得《なっとく》いかないかも！）

第《だい》4話《わ》 ダンスチーム結成《けっせい》！

ヒオを誘《さそ》って、せっかくダンスチームを組《く》んだのに。あれから、学校《がっこう》でわたしは、一度《いちど》もヒオに話《はな》しかけられないでいた。

だってヒオって、きれいで目立《めだ》つしクールでちょっと怖《こわ》いし、他《ほか》のクラスメイトがみんな仲良《なかよ》くなりたがってるし……。

わたしは、一緒《いっしょ》にダンスバトルして少《すこ》しは仲良《なかよ》くなれたと思《おも》うけど……多分《たぶん》まだ、友達《ともだち》にはなれていない気《き》がして。

けど。がんばって声《こえ》をかけなきゃ。今日《きょう》は学校《がっこう》が終《お》わったら、みんなで一緒《いっしょ》にダンスの練習《れんしゅう》しようって約束《やくそく》してるから。

下校時間《げこうじかん》になったとたん、わたしは勢《いきお》いよく立《た》ち上《あ》がる。だけどその時《とき》には、クラスメイトの女子《じょし》たちがヒオに声《こえ》をかけていた。

……先《さき》を越《こ》された!?

「ね、渡辺《ワタナベ》さん。放課後《ほうかご》空《あ》いてる？　今日《きょう》こそ、私《わたし》たちと一緒《いっしょ》に遊《あそ》びに行《い》こうよ」

「むり。今日《きょう》はヤコと約束《やくそく》があるから」

クラスメイトのお誘《さそ》いを、さらりと断《ことわ》るヒオ。女子《じょし》たちが、一斉《いっせい》にわたしの方《ほう》を振《ふ》り向《む》いた。えっ、え。なんでみんなこっち見《み》るの……。

ヒオはランドセルを背負《せお》って、早足《はやあし》でわたしの方《ほう》に来《く》る。

「そういうわけだから。また今度《こんど》誘《さそ》って」

前《まえ》よりも冷《つめ》たくない言《い》い方《かた》で、クラスメイトたちにそう言《い》って。

「行《い》きましょう、ヤコ」

ヒオは堂々《どうどう》とわたしの手《て》を引《ひ》っ張《ぱ》って、教室《きょうしつ》を出《で》ようとする。

後《うし》ろから、みんなのざわざわとした声《こえ》が聞《き》こえた。

「え、鈴木《スズキ》さんって……渡辺《ワタナベ》さんと友達《ともだち》だったの!?」

「なんでっ?　どういうつながり!?」

ひえ……なんか、わたしまで目立《めだ》っちゃってる……。

リヒトとの待《ま》ち合《あ》わせはいつもの広場《ひろば》。広場《ひろば》に向《む》かう道《みち》を、わたしはヒオの後《うし》ろで、縮《ちぢ》こまりながら歩《ある》く。

急《きゅう》に、ヒオは振《ふ》り返《かえ》った。わたしはぴたっと立《た》ち止《ど》まる。

「ねえヤコ」

「は、はいっ」

「さっきから、ずっとあたしの後《うし》ろ歩《ある》いてるけど。なに遠慮《えんりょ》してるの?」

むっ、と腕《うで》を組《く》んで、ヒオは聞《き》く。わたしは指《ゆび》をもじもじといじる。

「その……わたし、ヒオのこと強引《ごういん》に誘《さそ》っちゃったかもって思《おも》ってて」

……実《じつ》は、ヒオに引《ひ》け目《め》を感《かん》じてたんだ。ダンスチームに入《はい》ってくれたのは、うれしいけど。冷静《れいせい》になったら、これでよかったのかな? って。

「ヒオ、本当《ほんとう》にバレエやめてよかったのかな……って」

だって、思《おも》い返《かえ》してみても、ヒオのバレエはとってもきれいだったから。

「なんだ、そんなこと。気《き》にすることじゃないのに」

「でも、好《す》きだったんでしょ……?」

ヒオは、少《すこ》し考《かんが》え込《こ》む。

「ん~、そうね。バレエのことは、今《いま》でも好《す》きよ。けど、やめるって決《き》めて、距離《きょり》を置《お》いてみて……気《き》づいたの。あたし、バレエを踊《おど》るよりも、バレエの舞台《ぶたい》を観《み》る方《ほう》が好《す》きだったのかも、って」

「観《み》る方《ほう》？」

「うん。知《し》ってる演目《えんもく》でも、こんな振《ふ》り付《つ》けでやるんだ、こんな衣装《いしょう》で出《で》るんだ、こんな演出《えんしゅつ》するんだって、見《み》るのがたのしいの。踊《おど》るよりもわくわくする」

わたしが、ダンス動画《どうが》を見《み》るのが好《す》きっていうのと同《おな》じかな、と思《おも》った。わたしも、自分《じぶん》で踊《おど》る前《まえ》は見《み》るのが一番《いちばん》好《す》きだったから。

「だから気《き》にしなくていいの。あたし、やめてもバレエを好《す》きなままだから」

そっか。なら、よかった。

「それに。コンテンポラリーのレッスンはまだ続《つづ》けてるし。完全《かんぜん》にやめたわけじゃないしね」と、ヒオは付《つ》け足《た》す。

「今《いま》は、一緒《いっしょ》にダンスチームをやることで、あたしの『好《す》き』を新《あたら》しく見《み》つけられるかもしれないのが、たのしみなの」

ヒオが、うれしそうに言《い》ってくれたから。わたしは少《すこ》し安心《あんしん》する。そっか、誘《さそ》ったのが迷惑《めいわく》じゃなかったならよかった。

「ね、ヒオ。わたしにバレエのこと教《おし》えてよ。わたしもヒオの好《す》きなもののこと、知《し》りたいな」

そう言《い》うと、ヒオは目《め》を輝《かがや》かせた。

「なら、うちにDVD《ディーブイディー》がたくさんあるわ！　見《み》に来《き》てよ。同《おな》じバレエでもフランスのオペラ座《ざ》とかイギリスのロイヤルバレエ団《だん》とかイタリアのスカラ座《ざ》とか、それぞれ違《ちが》って全部《ぜんぶ》ステキなの！」

わ、わ、なんだかバレエ団《だん》の名前《なまえ》がたくさん！　ヒオ……本当《ほんとう》にバレエ観《み》るの、好《す》きなんだ。というか。

「家《いえ》……行《い》っていいの？」

「なに言《い》ってるの」

ヒオは呆《あき》れたように言《い》った。

「あたしたち、友達《ともだち》でしょ？　これから一緒《いっしょ》に踊《おど》るチームメイトなんだから」

「……！」

そう、そうだよね。一緒《いっしょ》に踊《おど》ったら、もう友達《ともだち》だよね……！

「お土産《みやげ》にシュークリーム、持《も》っていく、ね」

「ほんとっ。たのしみ！」

「コンテストで踊《おど》るダンスは、ヒップホップでいこうと思《おも》うんだ」

いつもの広場《ひろば》でダンスの練習《れんしゅう》が終《お》わった後《あと》。リヒトはわたしたちにそう言《い》った。

「ヒップホップ……？」

名前《なまえ》は聞《き》いたことあるけど、どんなダンスだろう。

「ヒップホップはリズム以外《いがい》、決《き》まった型《かた》がなくて自由《じゆう》に踊《おど》りやすい。それぞれ違《ちが》うダンスをやってきたおれたちが、初《はじ》めてチームで踊《おど》るにはちょうどいいと思《おも》って」

「自由《じゆう》に踊《おど》れるなら……それがいいかも」

「あたしも。バレエ以外《いがい》は初心者《しょしんしゃ》だし、先輩《せんぱい》のアドバイスは聞《き》くわ」

「ありがとう。でも、踊《おど》る曲《きょく》はみんなで選《えら》ぼう」

というわけで。

「今度《こんど》の練習《れんしゅう》の時《とき》、二人《ふたり》にも、ヒップホップの曲《きょく》を好《す》きに持《も》ってきてほしいんだ」

リヒトから宿題《しゅくだい》をもらって、家《いえ》に帰《かえ》った後《あと》。

わたしはパソコンの前《まえ》で、うんうん唸《うな》っていた。

（そもそも。ヒップホップって、なに……？）

ネットで調《しら》べたら、『ヒップホップとは、単《たん》に音楽《おんがく》のことだけでなく、ダンスやファッションも含《ふく》めた文化《ぶんか》のことで――』とか、難《むずか》しいことが書《か》かれていて……。文字《もじ》を読《よ》んでると、ぷしゅ～、と頭《あたま》から湯気《ゆげ》が出《で》そうになった。

（ぜんぜん、わからないよ～！）

いちおう、リズムやラップが特徴的《とくちょうてき》って言《い》われてて、ヒップホップっぽい音楽《おんがく》がどういうのかはなんとなーくわかったけど……どの曲《きょく》を持《も》っていけばいいんだろう？

そして、なんとなく不安《ふあん》なまま、曲《きょく》を持《も》っていく日《ひ》がやってきたんだ。


その日《ひ》、リヒトがわたしたちを案内《あんない》してくれたのは、ビルの地下《ちか》にあるダンススタジオだった。

「父《とう》さんがここでダンス教室《きょうしつ》やってるんだ。今日《きょう》は教室《きょうしつ》が休《やす》みだから使《つか》っていいって」

「へえ。リヒトのパパって、ダンサーなんだ。リヒトもこのダンス教室《きょうしつ》に通《かよ》ってるの？」

ヒオの質問《しつもん》に、リヒトは答《こた》える。

「昔《むかし》はね。……今《いま》は通《かよ》ってないよ」

わたしは、一面鏡張《いちめんかがみば》りのスタジオを見《み》て、テンションが上《あ》がった。

「わああ……！　すごい、ここで練習《れんしゅう》していいの!?　全身映《ぜんしんうつ》ってる……！　録画《ろくが》して確認《かくにん》しなくても、動《うご》き全部見《ぜんぶみ》えちゃう！　ここで練習《れんしゅう》するの、絶対《ぜったい》たのしいよ」

踊《おど》る前《まえ》から、わくわくが止《と》まらない！

リヒトとヒオは、わたしの反応《はんのう》に目《め》を丸《まる》くしていた。

「あはは。たしかにスタジオってすごいよな。おれにとっては当《あ》たり前《まえ》だったから、ヤコの反応《はんのう》、新鮮《しんせん》でいいや」

「練習《れんしゅう》がたのしいなんて、ほんっと、ヤコって変《か》わってるわ」

まずは準備運動《じゅんびうんどう》やアイソレーション、リズム取《と》りとかの基礎練《きそれん》をみんなでする。その後《あと》、練習用《れんしゅうよう》の曲《きょく》を踊《おど》ったりして……体《からだ》があったまったところで、リヒトは話《はなし》を切《き》り出《だ》した。

「コンテストで踊《おど》る曲《きょく》を、決《き》めようか。どんな曲《きょく》を持《も》ってきた？」

う……。話《はな》し合《あ》いで自分《じぶん》の意見《いけん》を言《い》うのって、緊張《きんちょう》する。

うまく話《はな》す自信《じしん》ないし、ちゃんと聞《き》いてもらえるか、わからないから。わたしは、教室《きょうしつ》でも全然《ぜんぜん》手《て》をあげられないタイプ……。

「じゃああたしから」

ヒオは真《ま》っ先《さき》に手《て》をあげて、鞄《かばん》からタブレットを取《と》り出《だ》した。

そのまま、動画《どうが》で再生《さいせい》したのは、日本語《にほんご》のラップで始《はじ》まるポップな雰囲気《ふんいき》の曲《きょく》……。

「あっ、これ、聞《き》き覚《おぼ》えある。アニメの曲《きょく》……？」

「そう。あたし、ヒップホップって聞《き》いたことないかも、って思《おも》ってたんだけど。そういえば、見《み》てたアニメの主題歌《しゅだいか》の歌詞《かし》が、ラップだったな～って思《おも》い出《だ》して」

「ヒオもアニメとか見《み》るんだ……！」

「フツーに見《み》るわよ。移動中《いどうちゅう》とか、ヒマだし」

うれしい……！　好《す》きなアニメの話《はなし》、できるかな。

「とにかく。アニメの主題歌《しゅだいか》なら、元《もと》になったストーリーがあるでしょう？　バレエの曲《きょく》も、物語《ものがたり》につけられるものだったから。今《いま》まで踊《おど》ってきたのと違《ちが》うジャンルの曲《きょく》でも、同《おな》じように物語《ものがたり》があれば入《はい》り込《こ》みやすいと思《おも》ったの」

ヒオ、しっかり考《かんが》えて持《も》ってきたんだ……。

「なるほど。とっつきやすくていいかもしれない。おれもこの曲《きょく》、好《す》きだし」

「リヒトはどんな曲《きょく》、持《も》ってきたの？」

ヒオが聞《き》くと、リヒトはとてもいい笑顔《えがお》で、答《こた》えた。

「やっぱり、最初《さいしょ》は『これぞヒップホップ』って感《かん》じの曲《きょく》がいいかと思《おも》って！　おれらが生《う》まれる前《まえ》の曲《きょく》なんだけど、今聞《いまき》いてもカッコいいんだ……！」

リヒトはスタジオの大《おお》きなスピーカーを使《つか》って、曲《きょく》を流《なが》す。

始めの演奏《イントロ》の後《あと》、ずん、と重《おも》たい音《おと》が鳴《な》って、早口《はやくち》のラップが聞《き》こえた。

「わ、外国語《がいこくご》？」

「英語《えいご》ね。習《なら》ってるけどさすがに聞《き》き取《と》れないわ……」

ヒオはタブレットを触《さわ》る。

「ヒオ？」

「歌詞《かし》を検索《けんさく》してるの」

タブレットの画面《がめん》に、ぱっと英語《えいご》の歌詞《かし》が表示《ひょうじ》される。

「うっ……わたし、勉強《べんきょう》、苦手《にがて》……」

「まったく。リヒトを見習《みなら》いなさいよ」

「あはは。おれも勉強《べんきょう》、苦手《にがて》だったよ？」

「えっ」

わたしもヒオも驚《おどろ》いた。リヒトってひまな時《とき》はよく本読《ほんよ》んでるし、なんでも知《し》ってるって感《かん》じなのに……。

「おれ、昔《むかし》は感覚派《かんかくは》で、うまく自分《じぶん》の考《かんが》えとか、人《ひと》に説明《せつめい》できなくてさ。それが嫌《いや》で、本《ほん》を読《よ》んだり勉強《べんきょう》したりするようになったんだ。ダンスのことも、もっとよく理解《りかい》したかったし、英語《えいご》の歌詞《かし》もわかるようになりたかったしね。ま、勉強《べんきょう》しすぎで目《め》が悪《わる》くなっちゃったんだけど」

リヒトは、今《いま》は練習中《れんしゅうちゅう》だから、眼鏡《めがね》じゃなくてコンタクトだ。

わたしは、リヒトの選《えら》んだ音楽《おんがく》を聞《き》きながら、思《おも》う。この曲《きょく》、歌詞《かし》がわからなくてもかっこいいな～。

隣《となり》でタブレットを見《み》ていたヒオが、引《ひ》きつった顔《かお》で固《かた》まった。

「どうしたの？」

「ええと、和訳《わやく》の歌詞《かし》を見《み》つけたんだけど。歌詞《かし》がその……」

画面《がめん》をのぞき込《こ》む。歌詞《かし》には荒《あら》い言葉《ことば》が多《おお》くて、ちょっとびっくりした。

リヒトは、いたずらがバレたみたいに、やんちゃっぽく肩《かた》をすくめた。

「洋楽《ようがく》のいいところは、ちょっと過激《かげき》な曲《きょく》を聞《き》いてても、人《ひと》にバレないとこかもね」

リヒトって、なんだかいろんな顔《かお》があるよね。真面目《まじめ》だったり、やんちゃだったり……不思議《ふしぎ》だ。

「ヤコの持《も》ってきた曲《きょく》も聞《き》かせてほしいな」

「え、えっとね」

どきどきしながら、二人《ふたり》にスマホを見《み》せる。本当《ほんとう》にこれで、いいのかな。

でも、わたしはこの曲《きょく》がいいと思《おも》ったんだ。

「わたしが持《も》ってきたのは……アイドルの曲《きょく》なんだ」

えい、と動画《どうが》を流《なが》す。

「わ。顔《かお》かっこいい」

「へえ、アイドル曲《きょく》なのにラップなんだ」

わたしは、アイドルが好《す》きだから。好《す》きなものなら踊《おど》りやすいかなって思《おも》ったんだ。

といっても、持《も》ってきたのは推《お》しの曲《きょく》じゃなくて、今回《こんかい》初《はじ》めて知《し》った、男《おとこ》の子《こ》のアイドルグループの曲《きょく》だ。

「調《しら》べたら、ヒップホップをやってるアイドルがいるって知《し》って」

それで。

「……怖《こわ》いな、って思《おも》ったの」

「どういうこと？」

ヒオは不思議《ふしぎ》そうな顔《かお》をした。リヒトは、真顔《まがお》だった。

えっと、長《なが》くなるけど、うまく説明《せつめい》できるかな。

「わたし、ティックトッカーじゃん？　わたしの今《いま》までのダンスって、人気《にんき》の曲《きょく》で、流行《はや》りのダンスを踊《おど》って、みんなに楽《たの》しんでもらうためのものだったんだ」

わたしは喋《しゃべ》るのが苦手《にがて》で友達《ともだち》が少《すく》ないけど、ダンスを通《つう》じてなら、みんなと同《おな》じこととして遊《あそ》べるって感《かん》じがして、好《す》きだった。

「でも……リヒトに誘《さそ》われて、ストリートダンスも楽《たの》しいなって思《おも》って。わたしの上《あ》げる動画《どうが》、最近《さいきん》、変《か》わってきたんだ。もちろん、流行《はや》りのダンスも好《す》きだけど。ストリートダンスっぽい動画《どうが》も、上《あ》げるようになったの。そしたら……」

アカウントは、いとこのユカ姉《ねえ》が管理《かんり》してるから、詳《くわ》しくは見《み》てないけど。

「ファンから、今《いま》までの『YAKO《ヤコ》』っぽくないって、言《い》われて……思《おも》ったんだ。みんなが期待《きたい》してることと、違《ちが》うことをするのは、怖《こわ》いなって……」

もちろん、褒《ほ》めてくれるファンもいるけどね。

「それでさ。アイドルがヒップホップやるのも、『っぽくない』じゃん？　いろいろヤなことも、言《い》われたんじゃないかって。……それって、怖《こわ》い。

でも、好《す》きだからやるって決《き》めたのかなって、思《おも》ったら、曲《きょく》に勇気《ゆうき》がもらえる気《き》がしたんだ。わたしも、誰《だれ》かに『っぽくない』って言《い》われても、わたしの好《す》きなダンスをしよう。って」

それが、ヒップホップアイドルの曲《きょく》を持《も》ってきた理由《りゆう》。

「あー。あたしも、ヤコと似《に》たようなこと言《い》われたわ」

体育座《たいいくずわ》りをして頬杖《ほおづえ》をついていたヒオが、ため息《いき》をついた。

「ストリートダンスやるって、周《まわ》りに言《い》ったら『どうして？　バレエの方《ほう》がいいのに』って」

リヒトは聞《き》きながら、少《すこ》し悲《かな》しそうな顔《かお》をした。

「でもね、そう言《い》ってる子《こ》たちも悪気《わるぎ》はないのよ。ただ、自分《じぶん》の好《す》きなものが『一番《いちばん》いい』と信《しん》じてるから、好《す》き勝手《かって》言《い》ってくるだけ」

ヒオは立《た》ち上《あ》がって、胸《むね》を張《は》る。

「だからあたしたちも、自分《じぶん》のやりたいことが『一番《いちばん》いい』んだって、好《す》き勝手《かって》に信《しん》じちゃえばいいのよ」

「ヒオ……」

ヒオはいつも通《どお》り強気《つよき》で、言葉《ことば》もツンと尖《とが》っていたけど。伝《つた》わる気持《きも》ちは優《やさ》しかった。

「ありがとう、励《はげ》ましてくれて」

「どーいたしまして」

曲《きょく》を止《と》めて、リヒトに聞《き》いてみる。

「リヒトは、どうかな？　わたし、結局《けっきょく》ヒップホップがなんなのかはわからなかったから、自信《じしん》ないんだけど……」

アイドルの曲《きょく》だから、だめだったり、するのかな。

リヒトは、ちょっと考《かんが》えてから言《い》った。

「おれも、ヒップホップが何《なに》かはひと言《こと》で説明《せつめい》できないや。音楽《おんがく》もダンスも、今《いま》はいろんなジャンルが混《ま》ざってるからさ。そうだな……これまでのヒップホップへの、愛《あい》と敬意《リスペクト》があれば、それはヒップホップなんじゃないかな」

リヒトは、自分《じぶん》の胸《むね》をトンッと叩《たた》いた。

「あとは、心《マインド》かな。反骨精神《はんこつせいしん》……『負《ま》けるもんか』って気持《きも》ちが、ヒップホップらしいと、おれは思《おも》う。だからこの曲《きょく》を選《えら》んだ、ヤコの気持《きも》ちがいいと思《おも》った」

「あ、ありがとう……？」

褒《ほ》められて、ちょっと照《て》れくさい。けど。

(正直《しょうじき》、勝《か》ち負《ま》けとかあまり、考《かんが》えたことなかった……そうなのかな？)

リヒトの言《い》う通《とお》り、わたしに『負《ま》けるもんか』って強《つよ》い気持《きも》ちが、あったのかな？

……ちょっと、違《ちが》う気《き》がするけど、まあいいや。

曲《きょく》をもう一度《いちど》再生《さいせい》する。

「ねえ、歌詞《かし》の『高《たか》く飛《と》べ』ってところ。ここで本当《ほんとう》に高《たか》く跳《と》んだら素敵《すてき》じゃない？」

ヒオが言《い》い出《だ》して、リヒトは。

「こんな感《かん》じ？」

その場《ば》で、勢《いきお》いよく後《うし》ろに跳《と》び上《あ》がり、空中《くうちゅう》で回転《かいてん》して、地面《じめん》に着地《ちゃくち》する。

「すごい！　バク宙《ちゅう》だ！　もう一回《いっかい》見《み》せて！」

「今《いま》のってアクロバット？　もっと高《たか》さがあったら、見栄《みば》え完璧《かんぺき》だわ！」

わたしはヒオとはしゃぐ。けど、着地《ちゃくち》したリヒトは、青《あお》い顔《かお》をしていた。

……あれ？

「ごめん。おれ、高所恐怖症《こうしょきょうふしょう》だから……高《たか》く跳《と》ぶのは、一回《いっかい》が限界《げんかい》……」

そ、そうなの!?　ヒオと顔《かお》を見合《みあ》わせる。

「リヒトって……勉強《べんきょう》できるしダンスできるし、完璧《かんぺき》だと思《おも》ってたけど」

「意外《いがい》とそうでもないのね」

「あ〜〜、なんか恥《は》ずかしい！」


結局《けっきょく》、「コンテスト本番《ほんばん》でどの曲《きょく》にするかは、練習《れんしゅう》しながら決《き》めよう」ということになった。どの曲《きょく》もいい感《かん》じだったから、たのしみ……！

（話《はな》し合《あ》い、緊張《きんちょう》してたけど、意外《いがい》と平気《へいき》だったかも）

残《のこ》った時間《じかん》で基礎練《きそれん》をして、スタジオを出《で》る。外《そと》はすっかり暗《くら》くなっていた。

「はぁ〜、たくさん練習《れんしゅう》してたのしかったね……！」

「ええ……？　あたしは疲《つか》れたわ」

「二人《ふたり》とも、駅前《えきまえ》まで送《おく》るよ」

リヒトはスタジオから出《で》る時《とき》には、「踊《おど》ると落《お》ちるから」と外《はず》していた眼鏡《めがね》をかけなおしていた。眼鏡姿《めがねすがた》を見《み》ると、やっぱりリヒトは真面目《まじめ》で頼《たよ》れるお兄《にい》さんって感《かん》じがする。

「ねえ、帰《かえ》りにシュークリーム食《た》べていかない？　ふふふ、今日《きょう》はたくさん動《うご》いたし、二《ふた》つ……いや、三《みっ》つ食《た》べても痩《や》せるはずよね！」

スタジオの外階段《そとかいだん》を降《お》りながら、わくわくとヒオが言《い》う。わたしより先《さき》にリヒトが答《こた》えた。

「ええと。ヒオ、ごめん。実《じつ》は、言《い》ってなかったことがあるんだ。こっちのダンスに、食事制限《しょくじせいげん》とか特《とく》にないってのは、本当《ほんとう》なんだけど」

リヒトは、なんだか申《もう》し訳《わけ》なさそうに続《つづ》ける。

「ダンスは、そんなに痩《や》せない……」

「えっ」

「ダンスって、うまくなると無駄《むだ》な動《うご》きをしなくなるからさ。たくさん動《うご》いても、カロリーは消費《しょうひ》しづらくなるんだよね……」

「そんな……」

ヒオは、絶望《ぜつぼう》って感《かん》じの顔《かお》になった。

「あ、いや。おれは別《べつ》に、体型《たいけい》とか気《き》にしなくてもいいと思《おも》うよ。どんな体《からだ》かより、自分《じぶん》の理想《りそう》のダンスができることが大事《だいじ》なわけだし」

リヒトは慌《あわ》ててフォローするけど、体重《たいじゅう》とか、つい気《き》にしちゃう気持《きも》ちはわたしもわかる。特《とく》にヒオはバレエのためにずっと我慢《がまん》してたから、好《す》きに食《た》べるのはまだ怖《こわ》いんだと思《おも》う。

わたしは、ヒオの手《て》を握《にぎ》る。

「じゃあさ、たくさん食《た》べたいなら、もっと運動《うんどう》すればいいってことだよね」

好《す》きなものを諦《あきら》めるのは、もったいないもん。

「走《はし》れ～～！」

「わっ、ちょっと！　ヤコ、踊《おど》った後《あと》だからってテンション高《たか》いわ！」

「あはは」

夜《よる》の街《まち》を、三人《さんにん》で駆《か》け出《だ》した。練習《れんしゅう》でくたくたのはずなのに、どこに元気《げんき》が残《のこ》ってたのかちょっと不思議《ふしぎ》だった。

多分《たぶん》、たのしくて、まだ動《うご》きたい気持《きも》ちになっちゃったんだ。


普段《ふだん》よりも夜遅《よるおそ》い時間《じかん》の街《まち》。塾《じゅく》の帰《かえ》りはまだ夕方《ゆうがた》の終《お》わりって感《かん》じで、空《そら》の端《はし》っこが白《しろ》っぽい感《かん》じだったのに、今《いま》はもう、空《そら》が真《ま》っ黒《くろ》だ。

でも、駅前《えきまえ》の方《ほう》はたくさんの街灯《がいとう》が光《ひか》っていて、星《ほし》よりもっと眩《まぶ》しかった。

駅前《えきまえ》のシュークリーム屋《や》さんで、一人《ひとり》ひとつずつシュークリームを買《か》う。リヒトが「昔《むかし》の、ダンスの賞金《しょうきん》があるから」と奢《おご》ってくれた。

ヒオは、さすがに三《みっ》つ食《た》べるのは（お腹《なか》が痛《いた》くなりそうだから）諦《あきら》めたけど、代《か》わりにチョコレートのトッピングがたくさんのった、大好《だいす》きな味《あじ》を選《えら》んだ。

シュークリームの箱《はこ》を抱《かか》えて、広場《ひろば》に向《む》かう途中《とちゅう》で、ヒオが言《い》った。

「あたし、夜《よる》って好《す》き！　風《かぜ》が気持《きも》ちいいし、日焼《ひや》けしないし、星《ほし》もきれいだもの」

リヒトもうなずく。

「おれも。夜型《よるがた》だからさ、勉強《べんきょう》も練習《れんしゅう》も、夜《よる》の方《ほう》が捗《はかど》る気《き》がするよ」

わたしは、夜《よる》の街《まち》を見回《みまわ》す。昼間《ひるま》や夕方《ゆうがた》には見慣《みな》れているはずの街《まち》が、なんだか特《とく》別《べつ》な景色《けしき》に見《み》えた。

練習終《れんしゅうお》わりで、テンションが上《あ》がってるからかな。ううん、それだけじゃない。

「わたしも、夜《よる》が好《す》き。前《まえ》は、人目《ひとめ》を気《き》にしないで踊《おど》れるから、だったけど……今《いま》は、チームのみんなと練習《れんしゅう》して、一緒《いっしょ》に帰《かえ》るこの時間《じかん》が、好《す》きだなって思《おも》う」

「ヤコ……」

リヒトは、うれしそうに微笑《ほほえ》んで。はた、と広場《ひろば》の目《め》の前《まえ》で、急《きゅう》に立《た》ち止《ど》まった。

「チームといえば。大変《たいへん》だ、チーム名決《めいき》めるの忘《わす》れてた……。コンテストの申《もう》し込《こ》みに必要《ひつよう》なのに、ごめん！」

「コンテストの申《もう》し込《こ》み期限《きげん》までに、早《はや》く決《き》めないと、だね」

「じゃあ。今《いま》ここで相談《そうだん》して、ちゃちゃっと決《き》めちゃいましょ」

でも、どうやって決《き》めればいいのかな。

「みんなが好《す》きなものを、名前《なまえ》にするとか……？」

「……『シュークリーム』」

ヒオがぼそっと言《い》う。

(それはヒオの好《す》きなものだよね?)

わたしも好《す》きだけど。

リヒトが言《い》う。

「全員《ぜんいん》、夜《よる》が好《す》きって言《い》ったから、夜《よる》をモチーフにしたチーム名《めい》がいいかもね」

ヒオは空《そら》を指差《ゆびさ》す。

「なら、チーム『一番星《いちばんぼし》』! なんてどう?」

「じゃあおれも。……夜型《よるがた》のスラングで『ナイトオウル』とか?」

わたしは、考《かんが》える。

「『ヨルマチ』は、どうかな?」

自分《じぶん》の意見《いけん》を言《い》うのは、緊張《きんちょう》するから苦手《にがて》だったけど。もう平気《へいき》だった。

二人《ふたり》ならちゃんと聞《き》いてくれるって、わかったから。

ヒオとリヒトは首《くび》をかしげる。あ、理由《りゆう》も説明《せつめい》しないとだよね。

「ええと、『夜《よる》の街《まち》』って意味《いみ》と、『夜《よる》を待《ま》つ』って意味《いみ》で……」

「ダブルミーニング! ひとつの言葉《ことば》に意味《いみ》が二《ふた》つ込《こ》められてるなんて、いいじゃん。

カッコいい」

「ま、悪《わる》くないわ。短《みじか》くて覚《おぼ》えやすいし」

広場《ひろば》の真《ま》ん中《なか》。いつものベンチへ向《む》かう。

「じゃあ、あらためて。チーム『YORUMACHI《ヨルマチ》』結成《けっせい》を祝《いわ》って……」

リヒトの言葉《ことば》に、全員《ぜんいん》でひとつずつシュークリームを持《も》って、夜空《よぞら》にかかげた。

「カンパイ！」

第《だい》5話《わ》 初《はじ》めてのステージ

コンテストで踊《おど》る曲《きょく》を決《き》めるために、みんなが持《も》ち寄《よ》った曲《きょく》を、お試《ため》しでそれぞれ踊《おど》ってみた。スタジオで、振《ふ》り付《つ》けも、わたしたちみんなで考《かんが》えながら。

（振《ふ》り付《つ》けって、コピーも即興《そっきょう》も楽《たの》しいけど……）

みんなで「こういうのはどう？」「ああしたらいいんじゃないか」って、相談《そうだん》しながら作《つく》るのも、すっごく面白《おもしろ》い！

まず踊《おど》ったのは、ヒオが持《も》ってきた一曲目《いっきょくめ》。流行《はや》りの、アニメの主題歌《しゅだいか》。

「この曲《きょく》、すごくたのしい！」

「ヤコの考《かんが》えた振《ふ》り付《つ》けがハマってるね。J-POP《ジェイポップ》だし、ヤコは得意《とくい》そうだ」

「ごめん、あたしが持《も》ってきた曲《きょく》だけど。ちょっと踊《おど》りにくいかも……」

わたしから見《み》たら、ヒオもぜんぜん上手《じょうず》に踊《おど》れてると思《おも》うけど。ヒオは自分《じぶん》のダンスに納得《なっとく》いかないみたい。

「たしかに、最近《さいきん》の曲《きょく》らしくテンポが早《はや》いし拍子《ひょうし》もよく変《か》わるから、難易度《なんいど》高《たか》いかもな」

「せっかくみんなで踊《おど》るんだし、みんなたのしめる曲《きょく》がいいよね」

次《つぎ》は、わたしの持《も》ってきた二曲目《にきょくめ》。アイドルのヒップホップ曲《きょく》。

「この曲《きょく》だとやっぱり、クライマックスにリヒトのソロパートでアクロバット系《けい》の大《おお》技《わざ》入《い》れたいけど……」

「むりそうよね」

リヒトのアクロバットは、すごくうまい。でも、高所恐怖症《こうしょきょうふしょう》のせいで練習《れんしゅう》のたびに青《あお》い顔《かお》になっていた。

「いやでも！　ステージでは軽《かる》くメイクとかするし、顔色《かおいろ》バレないから大丈夫《だいじょうぶ》だよ」

ってリヒトは言《い》い張《は》るけど。そういう問題《もんだい》じゃないと思《おも》う。

「やめよう」

「そうね」

あとは、リヒトの持《も》ってきた三曲目《さんきょくめ》。今《いま》でも人気《にんき》な、昔《むかし》のヒップホップの有名曲《ゆうめいきょく》。

「あ、これ一番《いちばん》踊《おど》りやすいかも！　ドラムの音《おと》がはっきり聞《き》こえる」

「ちょっと昔《むかし》の曲《きょく》って、いい意味《いみ》でシンプルよね」

「ビートもダンスミュージックで定番《ていばん》の四《よ》つ打《う》ちだから、どんな振《ふ》り付《つ》けも合《あ》わせやすいと思《おも》う」

「四《よ》つ打《う》ちって、なんだっけ……？」

「四分《よんぶん》の四拍子《よんびょうし》のことだよ。ワン、ツー、スリー、フォーのカウントの繰《く》り返《かえ》しのシンプルなビートだから、足《あし》でリズムを刻《きざ》みやすいんだ」

だから踊《おど》りやすかったんだ。わたしは普段《ふだん》、ダンスミュージックじゃない曲《きょく》で踊《おど》ってたから、気《き》づかなかった。

「これなら、全員《ぜんいん》がたのしく踊《おど》れそうだね」

「コンテストまでに納得《なっとく》のいくクオリティまで、仕上《しあ》げられそうだわ」

ということで、リヒトの選《えら》んだ曲《きょく》に決《き》まった。

でも。せっかく三曲《さんきょく》とも振《ふ》り付《つ》け考《かんが》えたのに、もったいないな。考《かんが》えた振《ふ》り付《つ》けは、曲《きょく》の一部分《いちぶぶん》だけだけど。それでも、ショート動画《どうが》にできるくらいの長《なが》さはある。

（……そうだ！）

いいことを思《おも》いついた。

それから、しばらくが経《た》って。

練習《れんしゅう》は順調《じゅんちょう》。コンテスト本番《ほんばん》までもうすぐになった、ある日《ひ》。

「あのね。報告《ほうこく》があるんだ」

スタジオでわたしは二人《ふたり》に言《い》い出《だ》す。

「この間《あいだ》、ダンス動画《どうが》撮《と》ったの、覚《おぼ》えてる？」

そう、わたしが思《おも》いついたことっていうのは、コンテストで使《つか》わない曲《きょく》のダンスを動画《どうが》に撮《と》って、わたしのアカウントで『ヨルマチ』として投稿《とうこう》することだった。

といっても、リヒトに跳《と》ばせるのはよくないと思《おも》ったから、撮《と》ったのはヒオが持《も》ってきた曲《きょく》のダンスだけ。

わたしは今《いま》も動画《どうが》ではお面《めん》をつけているから、二人《ふたり》にもつけてもらった。

「その動画《どうが》が、すっごく再生《さいせい》されたんだ！」

なんと、もうすぐ二百万《にひゃくまん》再生《さいせい》！　このペースだと、過去最高《かこさいこう》の再生数《さいせいすう》になるかも。

「本当《ほんとう》だ」

リヒトがスマホで開《ひら》いたTikTok《ティックトック》を、ヒオがのぞき見《み》する。

「え、すごい。こんなに見《み》られるものなの……？」

『バズ』ってやつだ。コンテスト前《まえ》に幸先《さいさき》いいね」

「うん。みんな褒《ほ》めてくれた……」

おかげでフォロワーも増《ふ》えて、過去《かこ》のダンス動画《どうが》も見《み》てくれるようになった。

でも、わたしが一番《いちばん》うれしいのは。

「わたしたちのダンスが認《みと》められて、うれしいな……」

わたしだけじゃなくて、わたしの好《す》きな仲間《なかま》を、みんなに褒《ほ》めてもらえた。

「あらためて動画《どうが》で見《み》ると、ちょっと照《て》れるけど、いいな」

「全員《ぜんいん》でお面《めん》つけて踊《おど》るの、面白《おもしろ》かったわ。コンテストでも統一感《とういつかん》出《だ》したいかも」

「お揃《そろ》い、いい……！」

「やっぱり本番《ほんばん》はオシャレするの大事《だいじ》よね！　素敵《すてき》な衣装《いしょう》だと気合《きあい》入《はい》るもの」

「でも、今《いま》から服《ふく》を用意《ようい》するのは難《むずか》しいよね……」

「みんなでキャップを被《かぶ》るのはどう？　おれ、ダンサーの先輩《せんぱい》のお下《さ》がりとかもあって、けっこう種類《しゅるい》持《も》ってるから。貸《か》すし、なんなら譲《ゆず》るよ」

リヒトの提案《ていあん》に、わたしもヒオもテンションが上《あ》がる。

「お下《さ》がり……！」

「古着《ふるぎ》ってオシャレよね。ときめくかも」

これで練習《れんしゅう》も、準備《じゅんび》もばっちり。本番《ほんばん》もがんばろう……！


そして、コンテストの日《ひ》がやってきた。

予選会場《よせんかいじょう》は、小《ちい》さな市民《しみん》ホールだ。客席《きゃくせき》は、他《ほか》の出場《しゅつじょう》チームや親《おや》たち、それからダンス好《ず》きの人《ひと》たちでいっぱい。

初《はじ》めて上《あ》がるステージ。その舞台袖《ぶたいそで》に、わたしは立《た》っていた。ドッドッドッドッ。心臓《しんぞう》が、速《はや》くリズムを刻《きざ》んでいる。

「ヤコ」

（どうしよう、思《おも》ったより……）

「緊張《きんちょう》してる？」

リヒトが後《うし》ろから、わたしの頭《あたま》にふわっとキャップを被《かぶ》せた。

「忘《わす》れもの」

はっと振《ふ》り返《かえ》る。リヒトはわたしを安心《あんしん》させるように、にっと笑《わら》った。

「大丈夫《だいじょうぶ》、おれたちなら、勝《か》てる」

「見《み》せてあげましょ。あたしたちの作《つく》ったダンスを、ステージの向《む》こうのみんなに」

すう、はあ、と深呼吸《しんこきゅう》。お揃《そろ》いのキャップを、グッと深《ふか》く被《かぶ》る。

「うん、行《い》こう!」


——本番《ほんばん》が始《はじ》まる前《まえ》。リヒトが言《い》っていたことを思《おも》い出《だ》す。

『コンテストはまず予選《よせん》がある。審査員《しんさいん》に評価《ひょうか》されたチームだけが、次《つぎ》に進《すす》めるんだ。だから今回《こんかい》は、勝《か》たないといけない』

(ダンスで勝《か》ち負《ま》けとか、正直《しょうじき》ピンと来《こ》ないけど、予選《よせん》の次《つぎ》もみんなで踊《おど》りたいから)

『でも、緊張《きんちょう》する必要《ひつよう》はないよ。いつも通《どお》り、たのしむことを考《かんが》えて』

(がんばる!)

暗《くら》い舞台袖《ぶたいそで》から、白《しろ》いライトが照《て》らすステージへ、一歩《いっぽ》踏《ふ》み出《だ》した。

帽子《ぼうし》のつばのおかげで、客席《きゃくせき》はあまり見《み》えない。ステージだけに集中《しゅうちゅう》できそう。

イントロのピアノパートが始《はじ》まる。ひそひそ声《ごえ》みたいな静《しず》かな演奏《えんそう》は、『準備《じゅんび》はいい？』とわたしたちに聞《き》いているみたい。

わたしはうつむいて、リズムに合《あ》わせてカウントを数《かぞ》えながら、踊《おど》り始《はじ》めの合図《あいず》を待《ま》つ。

（ワン、ツー、スリー、フォー……）

緊張《きんちょう》はまだ、しているけど……。

（準備《じゅんび》はばっちりしてきた……はず！）

ピアノが終《お》わって、ギターが鳴《な》り出《だ》した。踊《おど》り始《はじ》めの合図《あいず》だ！

体《からだ》が、勝手《かって》に動《うご》き出《だ》した。たくさん練習《れんしゅう》したおかげで、リズムも振《ふ》り付《つ》けも、体《からだ》が覚《おぼ》えてるから。

（緊張《きんちょう》してても、大丈夫《だいじょうぶ》！）

ギターの音色《ねいろ》に、ドラム＆パーカッションの演奏《えんそう》が重《かさ》なる。ドド・カッ、ドドドカッ、ドド・カッ、ドドドカッ。心地《ここち》よく響《ひび》く、四《よ》つ打《う》ちのビートに合《あ》わせて、ステップを踏《ふ》む。

ド……と沈《しず》むドラムの低音《ていおん》に合《あ》わせて、体《からだ》を沈《しず》ませて。カッと弾《はじ》けるパーカッションの音《おと》で、勢《いきお》いよくキック！　少《すこ》し厚底《あつぞこ》のスニーカーで、宙《ちゅう》を蹴《け》る。

お年玉《としだま》を崩《くず》して買《か》った、学校《がっこう》には履《は》いていけない、お気《き》に入《い》りの靴《くつ》。

(……履《は》いてきてよかった！)

ヒオが、『本番《ほんばん》のオシャレは大事《だいじ》』だって言《い》ってた意味《いみ》がわかった。好《す》きなものを身《み》につけてると、自信《じしん》をもらえる気《き》がするんだ。

わたしたちの作《つく》ったダンスの振《ふ》り付《つ》けは、けっこうシンプルだ。基礎《きそ》をしっかり練《れん》習《しゅう》して、全員《ぜんいん》でぴったり合《あ》わせることを大事《だいじ》にした。

だけど、実際《じっさい》に完成《かんせい》したダンスには、みんな同《おな》じ振《ふ》り付《つ》けのはずなのに、それぞれの個性《こせい》が出《で》ていた。

リヒトは手足《てあし》の長《なが》さを活《い》かして、滑《なめ》らかでダイナミックな動《うご》きに。

ヒオは小柄《こがら》だからこそ大振《おおぶ》りに、よりキレがある動《うご》きに見《み》せていた。

『ヒオの長所《ちょうしょ》は、バレエで得《え》た体《からだ》の柔《やわ》らかさだね。手足《てあし》を大《おお》きく広《ひろ》げられるから、小《こ》柄《がら》でもとびきり華《はな》があるダンスができる』

そしてわたしの長所《ちょうしょ》は。

『ヤコは、動画《どうが》を撮《と》ってきたから、見《み》られることを意識《いしき》したダンスができてる。振《ふ》りの指先《ゆびさき》まで丁寧《ていねい》で、決《き》めのポーズが綺麗《きれい》だ』

そう、リヒトは言《い》ってくれた。

(……うれしかった)

隣《となり》のヒオと目《め》が合《あ》う。なんとなく、同《おな》じことを考《かんが》えてる気《き》がした。普段《ふだん》はダンスをたのしいって言《い》わない、ヒオの目《め》が笑《わら》っていたから。

きっと、わたしたち、同《おな》じことでよろこんでる。

(今《いま》までやってきたことが、全部《ぜんぶ》、役《やく》に立《た》つんだ！)

ヒオにとってのバレエも、わたしにとっての動画《どうが》も。

だからもっと、丁寧《ていねい》に踊《おど》ろう。ドラムのビートの裏《うら》に隠《かく》れた、細《こま》かいピアノの音《おと》まで、アイソレーションで拾《ひろ》って。指先《ゆびさき》まで、ラップの力強《ちからづよ》い声《こえ》に乗《の》って！

英語《えいご》の歌詞《かし》は、音《おと》の塊《かたまり》がぽんぽんと跳《は》ね回《まわ》ってるみたいで、相変《あいか》わらず聞《き》き取《と》れないけど。この曲《きょく》が、何《なに》を歌《うた》っているのかはもうリヒトに教《おそ》わった。

『これは自信《じしん》を失《な》くして、落《お》ちぶれていったけど……もう一度《いちど》やってやろうって、自《じ》分《ぶん》を勇気《ゆうき》づける歌《うた》なんだ』

さあ、一回目《いっかいめ》のサビの終《お》わりで、決《き》めポーズ！

帽子《ぼうし》を押《お》さえて、顔《かお》は背《そむ》ける。……引《ひ》っ込《こ》み思案《じあん》で人《ひと》と目《め》を合《あ》わせられない、わたしみたいに。

だけど拳《こぶし》は思《おも》いっきり突《つ》き上《あ》げる。……それでも、今《いま》のわたし、自分《じぶん》にちょっとは自信《じしん》、持《も》ってるし。負《ま》ける気《き》なんてないって。

そんな気持《きも》ちを、思《おも》いっきり、ポーズに込《こ》めて。

（三人《さんにん》とも、ビシッと決《き》まった……！）

ここまで完璧《かんぺき》！

曲《きょく》はダンス用《よう》に、短《みじか》めに編集《へんしゅう》したから、この後《あと》はもう一回《いっかい》サビの繰《く》り返《かえ》し。クライマックスのパートだ。

ここで、一番《いちばん》盛《も》り上《あ》げないと！

『ヤコは、見映《みば》えのするダンスがうまいから。観客《かんきゃく》のいるコンテスト向《む》きだ。クライマックスのパートは、ヤコの見《み》せ場《ば》にしよう。ひとり《ソロ》で自由《じゆう》に踊《おど》ってみて』

そう言《い》って、リヒトは最後《さいご》、わたしにソロパートをくれた。

（最後《さいご》まで踊《おど》り切《き》ろう……！）

ステージの一番前《いちばんまえ》に出《で》るため、ソロパートの前《まえ》に、すばやくターン！

だけど、そのターンの勢《いきお》いで、被《かぶ》っていたキャップがふわっと頭《あたま》から浮《う》いた。

（え……？）

ステージでものを落《お》とすのは、いけないことだ。踏《ふ》んで怪我《けが》をするかもしれないし、見《み》ている人《ひと》もダンスから気《き》が散《ち》っちゃう。

だけど、帽子《ぼうし》を押《お》さえるのは間《ま》に合《あ》わない。だめ、落《お》ちる……！

「っ！」

けどその時《とき》、ヒオが落《お》ちていくキャップをいい感《かん》じにキャッチしてくれた。

ほっとしたのも、一瞬《いっしゅん》。キャップがなくなったから、直接浴《ちょくせつあ》びる照明《しょうめい》の光《ひかり》が眩《まぶ》しい。

目《め》を細《ほそ》めて……わたしは、かたまった。

気《き》づいてしまったから。今《いま》まで、帽子《ぼうし》のつばで隠《かく》れて見《み》えなかった、客席《きゃくせき》から。

たくさんの人《ひと》の目《め》が、ステージのわたしを、見《み》ていることに。

足《あし》がすくむ。

（みんな、こっち見《み》てる……）

動画《どうが》なら、百万回見《ひゃくまんかいみ》られたって、百万人《ひゃくまんにん》に見《み》られたって、平気《へいき》なのに。

（怖《こわ》い……！）

ネット越《ご》しとは違《ちが》う。リアルに、目《め》の前《まえ》にいる人《ひと》たちからの、プレッシャー。

知《し》らなかった……。

人《ひと》の目《め》を見《み》て話《はな》せないわたしは、人《ひと》の目《め》を見《み》ると踊《おど》れなかったんだ。

(だめ、踊《おど》らなきゃ)

大事《だいじ》なソロパートだもん。前《まえ》に出《で》なきゃ、次《つぎ》のドラムの音《おと》が鳴《な》る前《まえ》に動《うご》かなきゃ。

なのに。

(……体《からだ》が動《うご》かない!)

ハッとわたしの様子《ようす》に気《き》づいた、リヒトと目《め》が合《あ》った。

(どうしよう)

リヒトはうなずいた。

『おれが行《い》くよ』

そう、言《い》ってるように思《おも》えた。

次《つぎ》の瞬間《しゅんかん》。リヒトはステージの前面《ぜんめん》に飛《と》び出《だ》した。わたしの、代《か》わりに。

少《すこ》しだけ、カウントはズレてしまったけど。そんなことを感《かん》じさせないくらい、流《なが》れるようにスムーズに、リヒトはソロを踊《おど》り始《はじ》める。

その振《ふ》り付《つ》けは、わたしがソロで踊《おど》る予定《よてい》だったものとは違《ちが》う。

（それ、わたしが選《えら》んだ曲《きょく》の振《ふ》り付《つ》けだ……）

アイドルのヒップホップ曲《きょく》。リヒトが跳《と》ぶのはつらそうだから、ボツにした曲《きょく》の振《ふ》り付《つ》けだ。

どっちの曲《きょく》も、同《おな》じ四《よ》つ打《う》ちのリズムだから、合《あ》わせても違和感《いわかん》はなかった。ヒオと顔《かお》を見合《みあ》わせる。

（まさか、リヒト……！）

わたしの失敗《しっぱい》を取《と》り返《かえ》すために、ステージをもっと盛《も》り上《あ》げようとしてるんだ！

そして、曲《きょく》のクライマックスに合《あ》わせて、爆発《ばくはつ》するように。

リヒトは、跳《と》んだ。

練習《れんしゅう》の時《とき》よりも高《たか》く、わたしの背《せ》を軽々《かるがる》と越《こ》えるくらいに。

一回転《いっかいてん》、宙返《ちゅうがえ》りのアクロバット。

（すごい……）

曲《きょく》が終《お》わる前《まえ》に、歓声《かんせい》が上《あ》がった。

曲《きょく》が終《お》わっても、拍手《はくしゅ》がなかなか鳴《な》り止《や》まなかった。

——そうして、初《はじ》めてのダンスステージは終《お》わった。わたしの失敗《しっぱい》は、リヒトのおかげで、『ヨルマチ』の大成功《だいせいこう》になった。

『予選通過《よせんつうか》チームの発表《はっぴょう》だ！　A《エー》ブロック『ライジン』、B《ビー》ブロック『ヨルマチ』、C《シー》ブロック――』

予選《よせん》が終《お》わって、司会者《しかいしゃ》からコンテストの結果《けっか》が発表《はっぴょう》された。

ホールの明《あか》るいロビーで、抱《だ》き合《あ》う。

「わーんよかった！　わたしのミスで予選落《よせんお》ちたらどうしようって思《おも》ったぁ……」

「気《き》にしない気《き》にしない。一瞬《いっしゅん》だったし、よく立《た》て直《なお》したよ」

「そうそう。あたしとリヒトのフォローでうまくいったんだから！」

半泣《はんな》きになってたけど、ヒオとリヒトが肩《かた》を叩《たた》いて慰《なぐさ》めてくれたおかげで、涙《なみだ》もすぐ引《ひ》っ込《こ》んだ。

「ただし！　次《つぎ》から、帽子被《ぼうしかぶ》る時《とき》は落《お》ちないようにピンで留《と》めてもらうからね」

「はいっ」

「ごめんな。初《はつ》ステージなのにソロパートまかせて、プレッシャーかけちゃったかな」

「ううん！　……まかせてくれてうれしかったのに、できなくてくやしい。次《つぎ》の準決《じゅんけつ》勝《しょう》は、がんばらなきゃ」

うう、まだ、たくさんの人《ひと》に見《み》られた時《とき》の鳥肌《とりはだ》が、残《のこ》ってる……。

でも、リヒトだって怖《こわ》い思《おも》いをしたはずだ。

「ね、ねえリヒト。あんなに高《たか》く跳《と》んだりして、大丈夫《だいじょうぶ》だったの？　高所恐怖症《こうしょきょうふしょう》じゃ」

リヒトはまだ少《すこ》し青《あお》い顔《かお》のまま、笑《わら》った。

「言《い》っただろ。『一回《いっかい》なら跳《と》べる』って」

「急《きゅう》にやるなんて、無茶《むちゃ》するんだから。怪我《けが》しないかひやひやしたわ」

話《はな》してる途中《とちゅう》で、気《き》づく。ロビーの向《む》こうで、こちらを見《み》ている子《こ》たちがいる。わたしたちと同《おな》じ、女《おんな》の子《こ》二人《ふたり》と男《おとこ》の子《こ》一人《ひとり》の、三人組《さんにんぐみ》ダンスチームだ。

たしか、A《エー》ブロックで予選《よせん》を通過《つうか》した『ライジン』だっけ……？

そのうちのひとり。尖《とが》った髪《かみ》に鋭《するど》い目《め》つきをした男《おとこ》の子《こ》が、わたしを睨《にら》んだ。

ビクッとする。

しかも、こっちに来《く》る!?　わたしはあわてて、リヒトの後《うし》ろに隠《かく》れる。

「よぉリヒト」

「……ライジ」

リヒトにそう呼《よ》ばれた男《おとこ》の子《こ》は、もう一度《いちど》わたしの方《ほう》を見《み》た。

ヒオより少《すこ》し高《たか》いだけの背丈《せたけ》しかないのに、大人《おとな》っぽいファッションと鋭《するど》い目《め》つきのせいで、とても、迫力《はくりょく》がある。にらまれると、かなり、怖《こわ》いかも……。

「ヤコって言《い》ったな。あのアイドルかぶれのティックトッカーか。おまえ、最後《さいご》に固《かた》まってただろ」

「……っ」

吐《は》き捨《す》てる言《い》い方《かた》も、怖《こわ》すぎる！

「そっちの女子《じょし》は多少《たしょう》踊《おど》れるみたいだが。バレエの癖《くせ》が出《で》すぎだな」

「はぁ？」

ヒオは強気《つよき》ににらみ返《かえ》す。だけど、ライジはそれを無視《むし》して、リヒトに向《む》きなおった。

「リヒト。最後《さいご》のおまえのソロは、なんだ？　むりやり振《ルーティーン》り付けをねじ込《こ》んだのはいいとして。昔《むかし》のおまえとは、比《くら》べものにならない」

「…………」

ライジは背中《せなか》を向《む》ける。

「バトルを挑《いど》もうかと思《おも》っていたが。やめだ。……今《いま》のおまえとは、戦《たたか》う意味《いみ》がない」

そうして、嵐《あらし》のようにライジが去《さ》っていった後《あと》……。

ヒオは地団駄《じだんだ》を踏《ふ》んだ。

「なによあいつ〜！　すっごく失礼《しつれい》！　何様《なにさま》!?　ていうか誰《だれ》!?」

う、うーん。仲間《なかま》になる前《まえ》のヒオもけっこう失礼《しつれい》だった気《き》がするけど……。

リヒトは、大《おお》きなため息《いき》をついた。

「あいつは、東雷司《アズマライジ》。俺《おれ》の幼馴染《おさななじみ》だよ」

「あの、『喧嘩《けんか》っ早《ぱや》くて、すぐにダンスバトルを挑《いど》んでくる』って言《い》ってた？」

「そう」

リヒトはうなずいて、言《い》った。

「それから――俺《おれ》の、昔《むかし》のチームメンバーだ」

「え」

……じゃあ、仲間《なかま》だったってこと？　なのに今《いま》はあんな、喧嘩腰《けんかごし》で話《はな》しかけてくるなんて……。

いったい、なにがあったんだろう。

（……ライジのことを、リヒトに聞《き》いていいのかな？）

仲《なか》が悪《わる》い相手《あいて》のことって、聞《き》きづらいかも……。

迷《まよ》っていたその時《とき》。わたしのスマホが鳴《な》った。いとこのユカ姉《ねえ》からのメッセージだ。

『大変《たいへん》だよヤコちゃん！　ＹＡＫＯ《ヤコ》のアカウントのＤＭ《ディーエム》にビデオメッセージが来《き》たの！』

なんだろう？

イヤホンをして、ビデオメッセージを再生《さいせい》してみる。

映《うつ》ったのは、とびきりの美少女《びしょうじょ》だった。透《す》き通《とお》った金色《きんいろ》の髪《かみ》に、キラキラと星《ほし》みたいに光《ひか》る瞳《ひとみ》。動画《どうが》の中《なか》で、手《て》を振《ふ》っていたのは――、

「……えっ、アマネ？」

――わたしの推《お》し。わたしが、ダンスを始《はじ》めるきっかけになった、アーティスト。アイドルのアマネだった。

信《しん》じられなくて、目《め》を擦《こす》る。

「ねえ。これ……夢《ゆめ》かな？」

リヒトとヒオに画面《がめん》を見《み》せると、二人《ふたり》とも目《め》を丸《まる》くした。

「え、その人《ひと》って、アイドルの？」

「うそっ、本物《ほんもの》!?」

アマネは画面《がめん》の中《なか》、かがやく笑顔《えがお》で言《い》った。

『はじめまして、ヨルマチのみんな』

ヨルマチのことを知《し》っている!?　もしかして……。

この前《まえ》、ネットでバズったダンス動画《どうが》を、見《み》てくれたんだ！

『今日《きょう》はお願《ねが》いがあってビデオメッセージを送《おく》りました！』

お願《ねが》い。それって、いったい……。

『それはね』

ごくり、と息《いき》を飲《の》む。

『あたしと一緒《いっしょ》に踊《おど》ってよ！』

第《だい》6話《わ》〜踊《おど》るのは、なんのため？

「撮影《さつえい》スタジオへようこそ〜！　ヨルマチのみんな！」

朝早《あさはや》く、都内《とない》の撮影《さつえい》スタジオに着《つ》いて。わたしたちを迎《むか》えたのは、憧《あこが》れのアイドル、アマネ。

なんとアマネの新曲《しんきょく》のＭＶ《ミュージックビデオ》を撮《と》るため、わたしたちにバックダンサーをお願《ねが》いしたいって頼《たの》まれたんだ……！

（あわわわ、本物《ほんもの》だ……！）

笑顔《えがお》が眩《まぶ》しすぎる！

「元々《もともと》、ヤコちゃんのことは、あたしの曲《きょく》で踊《おど》ってる動画《どうが》見《み》て、知《し》ってたんだよね。髪隠《かみかく》すとシルエットが中性的《ちゅうせいてき》だし、仮面《かめん》で年齢《ねんれい》もよくわからなかったけど……まさか、小学生《しょうがくせい》の女《おんな》の子《こ》だったなんて！　びっくりしたよ」

そう言《い》って、アマネは親《した》しげにわたしの手《て》を握《にぎ》った。

（待《ま》って！）

わたしは心《こころ》の中《なか》で悲鳴《ひめい》を上《あ》げた。急《きゅう》に推《お》しと握手《あくしゅ》なんて!? 心《こころ》の準備《じゅんび》、全然《ぜんぜん》できてないよ……!

「でも、バックダンサーを頼《たの》むきっかけになったのは、三人《さんにん》で踊《おど》ってる動画《どうが》ね。この子《こ》たち……新曲《しんきょく》のイメージにぴったりだ! ってビビッと来《き》たんだ。というわけで、リヒトくんとヒオちゃんも、よろしくね」

わたしはともかく、リヒトとヒオは特注《とくちゅう》の衣装《いしょう》がよく似合《にあ》っていた。黒色《くろいろ》の、パンツスタイルの上下《じょうげ》セットアップ。天使《てんし》をイメージした羽《はね》の装飾《そうしょく》があちこちについている。踊《おど》る時《とき》には、仮面《かめん》もつけるらしい。

「やっぱヨルマチといえば、お面《めん》だよね〜」

……なんか、いつのまにお面《めん》や仮面《かめん》が、ヨルマチのイメージになってない? 別《べつ》に、リアルだと顔出《かおだ》しして踊《おど》ってるんだけどなぁ。

でも、憧《あこが》れのアイドルとお揃《そろ》いの衣装《いしょう》なのは、すっごくテンションが上《あ》がる……! もちろん、アマネの方《ほう》が華《はな》やかなデザインだけどね。たくさん踊《おど》るために、パンツスタイルの衣装《いしょう》をお願《ねが》いしたんだって。

「セットもすごく豪華《ごうか》だわ! どんな演出《えんしゅつ》するのかな……」

ヒオもめずらしく、テンションが高《たか》かった。

「おれたちに期《き》待《たい》されてるのって、どんなダンスですか？」

リヒトは、落《お》ち着《つ》いて質《しつ》問《もん》をする。さすが、リーダー。

「新曲《しんきょく》は神話《しんわ》をモチーフにしてるんだ。太陽《たいよう》に近《ちか》づきすぎて、空《そら》から落《お》ちてしまった天使《てんし》たちが、地上《ちじょう》で翼《つばさ》を広《ひろ》げて思《おも》いっきり踊《おど》る……そんなイメージの曲《きょく》なの」

「カッコいいですね……!!」

あ、リヒトもテンション上《あ》がっちゃった！

「でっしょ～!!」

アマネまで!?

「きみたちに期《き》待《たい》するのは……そんな、曲《きょく》のイメージを表現《ひょうげん》すること！」

曲《きょく》のイメージに合《あ》わせて踊《おど》るのは、けっこうやってきたけど。今回《こんかい》は、セットや衣《い》装《しょう》もふくめて、ひとつの作品《さくひん》を作《つく》るって感《かん》じだ。

いつもより本格的《ほんかくてき》で、難《むずか》しそう。うう、できるかなぁ……。

「あ、そうだ、スタッフさんたちの紹介《しょうかい》がまだだったね。右《みぎ》から振《ふ》り付《つ》け師《し》さん、カメラマンさん、照明《しょうめい》さん、音響《おんきょう》さん、監督《かんとく》さんだよ。みーんな、その道《みち》のプロだから、わかんないことあったらなんでも聞《き》いてね」

スタジオのたくさんの大人《おとな》たちが立《た》ち上《あ》がって、わたしたちにぺこりと頭《あたま》を下《さ》げた。

そのことに、びっくりする。だって大人《おとな》が、子《こ》どもに頭《あたま》を下《さ》げるなんて！

(そっか、わかった気《き》がした……)

大人《おとな》たちの丁寧《ていねい》な態度《たいど》や、アマネが難《むずか》しそうな撮影《さつえい》に誘《さそ》ってくれた理由《りゆう》。

アマネも大人《おとな》たちも、わたしたちを子《こ》どもじゃなくて〝ダンサー〟として見《み》てるんだ。

期待《きたい》、してくれてるんだ。

(なんか、すごいかも……！)


撮影《さつえい》はどんどん進《すす》んで、休憩《きゅうけい》を挟《はさ》むことになった。

「とってもよかったよ！」

リヒトがぺこりと頭《あたま》を下《さ》げる。

「ありがとうございます。丁寧《ていねい》に指示《しじ》をくれたおかげです」

「今回《こんかい》の振《ふ》り付《つ》け、手《て》の動《うご》きが多《おお》かったけど、翼《つばさ》を表《あらわ》してたんだ……」

わたしの呟《つぶや》きに、アマネがうれしそうに言《い》った。

「そう、タットダンス！　腕《うで》で魅《み》せるダンスなんだよ。手首《てくび》や肘《ひじ》でカクカクッと幾何《きか》学模様《がくもよう》を描《えが》いたり、指先《ゆびさき》の細《こま》かい動《うご》きをパズルみたいに組《く》み合《あ》わせたり！　超《ちょう》おもしろいよね」

「タットって確《たし》か、エジプトの象形文字《しょうけいもじ》をイメージしてるんでしたっけ」

リヒトの言《い》った象形文字《しょうけいもじ》って、漢字《かんじ》とかもそうだよね。組《く》み合《あ》わせた手《て》の動《うご》きをじっと見《み》つめているとたしかに〝羽《はね》〟の漢字《かんじ》にも……見《み》えるかも？

「指先《ゆびさき》で踊《おど》るのって、曲《きょく》のイメージを伝《つた》えやすい気《き》がするね。なんていうか……ちょっと、言葉《ことば》みたい？」

「ジェスチャーっぽいからかしら。手話《しゅわ》みたいでもあるわ」

「手話《しゅわ》ダンスって、実際《じっさい》にあるしね。ダンスって音楽《おんがく》を視覚的《しかくてき》に表現《ひょうげん》することでもあるから、歌詞《かし》を視覚的《しかくてき》に伝《つた》えることとも、相性《あいしょう》がいいんじゃないかな」

リヒトの解説《かいせつ》を聞《き》きながら、わたしは習《なら》ったタットダンスを繰《く》り返《かえ》してみる。

手《て》を使《つか》う表現《ひょうげん》はわかりやすくて、動《うご》かす範囲《はんい》はこぢんまりとしてるのに華《はな》やかで、目《め》にたのしい。しかも、座《すわ》ったままできるから、踊《おど》りたい時《とき》にいつでも踊《おど》れるんだ。

（もしかしてわたし、これ……かなり好《す》きかも）

さて、そろそろ休憩《きゅうけい》も終《お》わり。

残《のこ》りの撮影《さつえい》も、がんばろう！　と、立《た》ち上《あ》がったところで。

「う〜ん。きみたち、バックダンサーだけじゃもったいなくなってきた。次《つぎ》のシーンの撮影《さつえい》、全員主役《ぜんいんしゅやく》でいこう！　いいよね監督《かんとく》？」

アマネの問《と》いかけに、監督《かんとく》も笑《わら》って、ぐっと親指《おやゆび》を立《た》てた。

（……え!?）

「次《つぎ》のシーンは歌詞《かし》のない伴奏《ばんそう》パートなの。だからこそ、ダンスで世界観《せかいかん》やストーリーを伝《つた》えたい。ダンスは言葉《ことば》だと、あたしは思《おも》うから。ここだけは、振《ふ》り付《つ》けもアレンジして、自分《じぶん》らしく踊《おど》って、全力《ぜんりょく》できみたちの言葉《ダンス》をぶつけてほしいの」

ダンスは言葉《ことば》だという、アマネの言葉《ことば》は、わたしにはしっくりと来《き》た。さっき指先《ゆびさき》の動《うご》きが、言葉《ことば》みたいに思《おも》えたこともそうだけど。

ダンスで気持《きも》ちが伝《つた》わったと思《おも》ったことが、今《いま》までにもあったから。

「でも、いいのかな？　全員主役《ぜんいんしゅやく》なんて……」

「プロのアイドルと同《おな》じくらい目立《めだ》つなんて、恐《おそ》れ多《おお》いかも」

ヒオと顔《かお》を見合《みあ》わせる。

「遠慮《えんりょ》しないで。あたしより目立《めだ》つ気《き》で、かかってきてよ。負《ま》けないから」

そう言《い》ってアマネは、好戦的《こうせんてき》にまっと笑《わら》った。

ぞくっとした。期待《きたい》されるって、うれしいことなんだって、気《き》づく。

「……はい！」


すべての撮影《さつえい》が終《お》わったのは、夕方頃《ゆうがたごろ》だった。

(へとへとだ……！)

わたしは、スタジオの端《はし》っこでへたり込《こ》む。

隣《となり》でアマネが、ペットボトルの水《みず》をストローで飲《の》みながら、伸《の》びをした。

「はぁ〜〜！　ひっさびさに全力《ぜんりょく》で踊《おど》ったぁ」

えっ、ひさびさ？

「普段《ふだん》は、全力《ぜんりょく》で踊《おど》ったりしないの……？」

「うん。あたしはダンスも最高《さいこう》なアイドルを目指《めざ》してるけど、ダンサーじゃないから。本気《ほんき》の本気《ほんき》で、踊《おど》る機会《きかい》はそんなにないよ。息切《いきぎ》れしたら歌《うた》えなくなるし、ライブは一時間以上《いちじかんいじょう》あるから体力温存《たいりょくおんぞん》しないとだし、激《はげ》しいダンスであたしの表情《ひょうじょう》がお客《きゃく》さんに見《み》えなくなったら、よくないでしょ？」

そっか、アイドルってダンス以外《いがい》のこともしないといけないもんね。

「だから、今回《こんかい》の撮影《さつえい》は貴重《きちょう》な機会《きかい》。思《おも》いっきり踊《おど》れてたのしかった〜！　今日《きょう》はありがとね、ヤコちゃん」

こくこくとうなずく。

「わ、わたしもたのしかった……ありがとう、ございます」

……よし、ちゃんとお礼《れい》言《い》えた！

「そういえば、さっきリヒトくんとヒオちゃんと話《はな》してたんだ。二人《ふたり》とも、プロ目指《めざ》してるんだってね。ヤコちゃんも　プロのダンサー目指《めざ》してるの？」

アマネの質問《しつもん》に、びくっと肩《かた》が跳《は》ねる。

実《じつ》は、ちょっと気《き》にしてたんだ。二人《ふたり》には目標《もくひょう》があるのに、わたしにはないこと。

「わたしは……プロとかまだ、わからなくて」

だって、遠《とお》い未来《みらい》のことだし。わたしは、今《いま》のことしか考《かんが》えられない。

……だってわたしには、今《いま》、大《おお》きな悩《なや》みがあるから。

「あの、アマネ。相談《そうだん》したいことがある……んです。わたし、この前《まえ》ステージで緊張《きんちょう》して、踊《おど》れなくなっちゃって。このままじゃいけないと思《おも》うんだけど、どうしたら人《ひと》の目《め》が怖《こわ》くなくなるかな」

「あれ。でもヤコちゃん、今日《きょう》の撮影《さつえい》は全然平気《ぜんぜんへいき》そうだったよ？」

「あ……それは、仮面《かめん》のおかげかも？　自分《じぶん》でTikTok《ティックトック》撮《と》ってる時《とき》と同《おな》じだな〜って思《おも》ったら、安心《あんしん》したのかも」

ふむふむ、とアマネはうなずく。

「SNS《エスエヌエス》で見《み》られるのも平気《へいき》なんだよね。じゃああとは、マインドの問題《もんだい》じゃないかな」

「……心《こころ》を強《つよ》くしないといけない？」

「ならないよ。心《こころ》は強《つよ》くならない。だって心《こころ》って性格《せいかく》だもん。性格《せいかく》は変《か》えられないよ」

……わたしが、暗《くら》くて、人見知《ひとみし》りで、怖《こわ》がりなのは、変《か》えられないんだ。

落《お》ち込《こ》む。

「ま、気持《きも》ちはわかるけどね〜」

「アマネも……緊張《きんちょう》したことあるの？」

「昔《むかし》はね。しょっちゅう」

にっこりと微笑《ほほえ》んだ。

「だからあたしは、ステージに立《た》つ前《まえ》に、マインドを作《つく》る」

「マインド？」

「そう。自分《じぶん》に魔法《まほう》をかけるんだ。『あたしは最高《さいこう》のアイドル！』って。自分自身《じぶんじしん》に、言《い》い聞《き》かせるの」

アマネは、目《め》をつぶって、胸《むね》に手《て》を当《あ》てる。

「あたしは最高《さいこう》のアイドル……アイドルが歌《うた》って踊《おど》るのは、ファンのみんなをたのしませるため。人《ひと》の目《め》は、怖《こわ》いものじゃない。だって、あたしが今《いま》からたのしませる相《あい》手《て》だもの！」

アマネは目《め》を見開《みひら》いた。

その瞳《ひとみ》は、照明《しょうめい》が当《あ》たってないのに、キラキラと宝石《ほうせき》みたいに輝《かがや》いて見《み》えた。

「誰《だれ》のために、なんのために踊《おど》るのか。あたしはそれがわかったから、迷《まよ》いがなくなって、緊張《きんちょう》もしなくなったんだ。ヤコちゃんは、なんのために踊《おど》ってるの？」

「なんのため……」

考《かんが》えてみる。

わたしは、アマネへの憧《あこが》れでダンスを始《はじ》めた。踊《おど》ってみたら、たのしかったから続《つづ》けた。チームに入《はい》ったのもコンテストに出《で》たのも、それがたのしそうだったから。

プロとか将来《しょうらい》とかよくわからない。わたしはヒオや、リヒトとは違《ちが》う。ダンスを通《とお》して、何《なに》かになりたいわけじゃない。

そんなわたしが、この先《さき》も、ずっと踊《おど》り続《つづ》けるとしたら……なんのため？

「うーん」と答《こた》えが出《で》なくて黙《だま》り込《こ》んだわたしに、アマネは優《やさ》しく目《め》を細《ほそ》めた。

「……ひとつだけ、きみに魔《ま》法《ほう》をかけてあげる」

耳元《みみもと》で、ささやいた。

「あたしは最高《さいこう》のアイドルだけど――きみはきっと、いつか、ダンスであたしを超《こ》えられるよ」

長《なが》い指先《ゆびさき》で、わたしの額《ひたい》をトン、と叩《たた》く。

「覚《おぼ》えておいてね」

額《ひたい》を、押《お》さえる。ぼうっとしながら、アマネに言《い》われた言葉《ことば》を、考《かんが》える。

（わたし、もしかして……すっごく、期《き》待《たい》されてる？）

たしかにこれは〝魔《ま》法《ほう》〟の言葉《ことば》だ、って思《おも》った。

だって、憧《あこが》れの人《ひと》に期《き》待《たい》された。

それだけで、思《おも》わずぼんやりしてしまうくらい、うれしくて。

（……踊《おど》り続《つづ》ける理《り》由《ゆう》、ひとつ増《ふ》えちゃった）


楽屋《がくや》で帰《かえ》りの準《じゅん》備《び》をしながら、ヒオとリヒトにも聞《き》いてみた。

「二人《ふたり》は、なんのために踊《おど》ってるの？」

ちなみに、もう衣《い》装《しょう》から私《し》服《ふく》に着《き》替《が》えている。

「なによ急《きゅう》にそんなこと聞《き》いて」

「これからわたしが踊《おど》るために必《ひつ》要《よう》なこと、見《み》つけたくて。……ヒオは一《いち》番《ばん》になるためだったよね」

「そうね。でも、トロフィーを取《と》るだけじゃない、一《いち》番《ばん》の目《め》指《ざ》し方《かた》があるかもしれないって、今日《きょう》の撮《さつ》影《えい》で思《おも》ったわ」

どういう意味《いみ》かはわからなかったけど、ヒオもいろいろ考《かんが》えてるんだ。

悩《なや》みは別《べつ》でも、ひとりだけ悩《なや》んでるわけじゃないと思《おも》うと、心強《こころづよ》いかも。

「リヒトは？　プロを目指《めざ》してる、っていうのは聞《き》いたけど」

「おれは……」

リヒトは口元《くちもと》に手《て》を当《あ》てて、考《かんが》え込《こ》む。

「勝《か》つため、かも」

「え」

リヒトの口《くち》から出《で》てきたのは意外《いがい》な答《こた》えだった。普段《ふだん》、穏《おだ》やかで優《やさ》しいリヒトが、力強《ちからづよ》い声《こえ》で『勝《か》つため』なんて言《い》うイメージがなくて、おどろく。

「あの、ごめんリヒト。わたし……ダンスで勝《か》ち負《ま》けって、まだピンと来《き》てなくて」

コンテストで、勝《か》たなきゃいけないっていうのはわかってる。勝《か》たないと、次《つぎ》に踊《おど》る機会《きかい》がなくなってしまうから。

でも、ヒオとバトルして負《ま》けても、わたしは『たのしかったからいいや』って思《おも》ってしまった。『勝《か》ちたい』って気持《きも》ちが、わたしには、あんまりないんだ。

「わかるよ。そもそも、人《ひと》のダンスって、勝《か》ち負《ま》けとか関係《かんけい》なく、全部《ぜんぶ》いいじゃん最《さい》高《こう》じゃんって思《おも》うよな」

　そう、そうなの。

「それでも俺《おれ》が、勝《か》つことが好《す》きなのは……ダンスバトル出身《しゅっしん》だからかも」

「ダンスバトル……」

「ヤコと一度《いちど》やったけど、本物《ほんもの》の試合《しあい》は見《み》たことないわね」

　リヒトは少《すこ》し考《かんが》えて、言《い》いにくそうに切《き》り出《だ》した。

「……実《じつ》は今日《きょう》、ダンスバトルの大会《たいかい》が開《ひら》かれてるんだ。見《み》に行《い》ってみる？」


　日暮《ひぐ》れ前《まえ》の公園《こうえん》に着《つ》いた時《とき》。ダンスバトルの大会《たいかい》は、ちょうど決勝戦《けっしょうせん》が始《はじ》まったところだった。

　観客《かんきゃく》の人《ひと》だかりが、ダンサーの周《まわ》りを囲《かこ》んで、円《えん》ができていた。

『先攻《せんこう》。赤《あか》コーナー、ケイティー！』

　丸《まる》く囲《かこ》まれた地面《じめん》は、半分《はんぶん》ずつ赤《あか》と青《あお》に塗《ぬ》られている。赤《あか》の陣地《じんち》に立《た》っているのは、カラフルなダンスウェアに、髪《かみ》を複雑《ふくざつ》に編《あ》み込《こ》んだ、オシャレな女子《じょし》。

わたしは人《ひと》だかりの隙間《すきま》からのぞき込《こ》む。

（あ、あの子《こ》。YouTube《ユーチューブ》で見《み》たことある……ていうか、チャンネル登録《とうろく》してる！）

ケイティーはチャンネル登録者数《とうろくしゃすう》が、わたしのフォロワーより多《おお》いダンス系《けい》ユーチューバーだ。たしか中学二年生《ちゅうがくにねんせい》だっけ。

とても機敏《きびん》で、すごく動画映《どうがば》えするダンスをするんだよね。生《なま》で見《み》れるなんて、わくわくする。

対戦相手《たいせんあいて》は……。

『後攻《こうこう》、青《あお》コーナー、ライジ！』

「あ……」

コンテストの後《あと》に突《つ》っかかってきた、リヒトの幼馴染《おさななじみ》で、元《もと》チームメンバー。

「やっぱりいたか……」

「だからこの大会《たいかい》のこと、言《い》いにくそうだったのね」

ライジと顔《かお》を合《あ》わせるのが気《き》まずかったんだね。

わたしはリヒトを隠《かく》すつもりで、前《まえ》に出《で》る。背《せ》の高《たか》さが違《ちが》うから全然隠《ぜんぜんかく》せてないけど……それでも見《み》つかりにくくなるだろうし。

わたしが、ライジのダンスを、よく見《み》たかったから。

(予選《よせん》はタイミング合《あ》わなくて、ライジのダンス見《み》れてなかったから……)

ヒオも、ぴょこっと飛《と》び跳《は》ねて、ライジたちをのぞいていた。

「準決勝《じゅんけっしょう》で戦《たたか》うかもしれない相手《あいて》だもの、しっかり見《み》て対策《たいさく》しなきゃ」

「……だね」


曲《きょく》が流《なが》れ始《はじ》めた瞬間《しゅんかん》。周《まわ》りがざわっとした。

ピコピコとした電子音《でんしおん》、テクノポップ調《ちょう》のイントロに、どことなく機械《きかい》っぽい雰囲気《ふんいき》のある歌声《うたごえ》……ボーカロイド曲《きょく》だ!

それだけなら、いいんだけど。

(テンポが速《はや》すぎる……!)

BPM《ビーピーエム》二〇〇《にひゃく》は超《こ》えているんじゃ?

わたしは人気《にんき》のボカロ曲《きょく》で踊《おど》ることもある。ボカロ曲《きょく》の中《なか》には、人間《にんげん》が歌《うた》うには難《むずか》しいほど速《はや》い曲《きょく》もあって、そういう曲《きょく》は踊《おど》るのだって難《むずか》しい。

先攻《せんこう》は、ケイティーだ。ケイティーの得意《とくい》ジャンルは、動画《どうが》で見《み》た時《とき》に調《しら》べたから知《し》ってる。

（ポッピンダンス……）

ケイティーは、ヒットという細《こま》かい技《わざ》を、繰《く》り返《かえ》しながら踊《おど》る。リズムに合《あ》わせて体《からだ》をピタッと止《と》めて、反動《はんどう》で、ぱんっと筋肉《きんにく》が弾《はじ》けるように、肩《かた》や腕《うで》や胸《むね》や足《あし》を揺《ゆ》らすんだ。

するとできあがるのは、電子楽器《でんしがっき》や機械《きかい》の歌声《うたごえ》にとても似合《にあ》う、ロボットダンス。カクカクとした面白《おもしろ》い動《うご》きは、まるでパラパラ漫画《まんが》をめくってるみたい。目《め》に鮮《あざ》やかなビビッドカラーのダンスウェアとも合《あ》わさって、ケイティーのダンスは海外《かいがい》のカートゥンアニメからそのまま出《で》てきたみたいな、わくわく感《かん》がある！

曲《きょく》の一番《いちばん》が終《お》わって、ケイティーの番《ムーブ》が終《お》わった。拍手《はくしゅ》が起《お》こる。お客《きゃく》さんも、たのしそう。

（これ、いい勝負《しょうぶ》になるんじゃない!?　ライジに、勝《か》てるんじゃ……）

ヒオがリヒトに質問《しつもん》する。

「そういえばライジの得意《とくい》ジャンルって何《なに》なの？」

「……ブレイキンだよ」

そのジャンルは、わたしも知《し》っている。前《まえ》のオリンピックの中継《ちゅうけい》で見《み》たことがある。

曲《きょく》の二番《にばん》が始《はじ》まって、ライジはいきなり大技《おおわざ》をかました。

「ブレイキンの特徴《とくちょう》は、アクロバティックな大技《パワームーブ》だ」

まるで、勢《いきお》いよく放《はな》たれた、こまみたいだった。

頭《あたま》を地面《じめん》につけて、足《あし》を上《うえ》に。逆《さか》さまになって、ライジは小柄《こがら》な体《からだ》に隠《かく》されたエネルギーを、爆発《ばくはつ》させた。

このパワームーブは、ヘッドスピン。

稲妻《いなずま》のように速《はや》く、その足《あし》で雲《くも》を蹴散《けち》らすように。回《スピン》る、回《スピン》る、回《スピン》る。

回《まわ》るだけでも難《むずか》しい技《わざ》の、はずなのに。タイミングが怖《こわ》いほど完璧《かんぺき》に、音《おと》にピタッと合《あ》っていた。速《はや》すぎる曲《きょく》のはずなのに！

大《おお》きな歓声《かんせい》が上《あ》がる。

ライジは逆《さか》さまになったまま、体《からだ》を空中《くうちゅう》でピタッと止《フリーズ》める。体《からだ》は、動画《どうが》を一時停止《いちじていし》したみたいに少《すこ》しもブレない。

（すごいスキル……！）

そのままライジは手《て》を上《あ》げて、対戦相手《たいせんあいて》に、そして見《み》ているわたしたちに向《む》けて、銃《じゅう》を撃《う》った。

『BANG《バン》！』

ライジの銃《じゅう》はもちろん、ただの手《て》で作《つく》ったジェスチャー。銃声《じゅうせい》は、シンバルの破裂《はれつ》音《おん》だ。

なのに……わたしはゾクッと身震《みぶる》いする。ライジのダンスが、怖《こわ》い、と思《おも》った。

たのしそうだとは、思《おも》えない。でも、バレエをやっていた時《とき》のヒオの苦《くる》しそうなイメージとも、また違《ちが》う。

怖《こわ》いのは……ライジのダンスからは、相手《あいて》を倒《たお》すという意志《いし》が、こっちまでビリビリと伝《つた》わってくるからだ。

こんな、こんなふうに……誰《だれ》かと本気《ほんき》の喧嘩《けんか》をしてるみたいに、ダンスをする人《ひと》がいるんだ。

そのまま二曲目《にきょくめ》のムーブでも、ライジは圧倒的《あっとうてき》なスキルを見《み》せつけた。二人《ふたり》を囲《かこ》んだ観客《かんきゃく》たちはほとんどが、投票《とうひょう》ターンで青色《あおいろ》――ライジに投票《とうひょう》する札《ふだ》を上《あ》げていた。

『ダンスバトル決勝戦《けっしょうせん》！　優勝《ゆうしょう》は……青《あお》コーナー、ライジ、ライジ！』

観客《かんきゃく》の札《ふだ》で真《ま》っ青《さお》に染《そ》まった、円陣《えんじん》。その中心《ちゅうしん》で、『当然《とうぜん》だ』と言《い》うみたいに、ライジは堂々《どうどう》と立《た》っていた……。

ヒオが、青《あお》ざめた顔《かお》で呟《つぶや》いた。

「勝《か》てる気《き》が、しないわ……」

そんなふうに。

その日《ひ》、わたしたちはコンテストの準決勝《じゅんけっしょう》を前《まえ》にして、ライバルが圧勝《あっしょう》する姿《すがた》を、見《み》てしまったんだ。


「ライジったら。同《おな》じチームの仲間《なかま》に、手加減《てかげん》なしね」

「うるさい、ケイティー。オレはチームメイトだろうと本気《ほんき》で倒《たお》す」

ダンスバトルが終《お》わって帰《かえ》っていくライジたちを、わたしは追《お》いかける。

「ライジ……！」

追《お》いかけたのは、聞《き》きたいことがあったからだ。

「……なんの用《よう》だ、ヤコ」

にらみつけながら、ライジは振《ふ》り向《む》いた。

怖《こわ》い、けど……わたしの名前《なまえ》、ちゃんと覚《おぼ》えてくれてるんだね。優《やさ》しくないだけで、多分《たぶん》、きっと、悪《わる》い人《ひと》じゃないと思《おも》った。

ぐっと顔《かお》を上《あ》げて、ライジの目《め》を見《み》るふりして額《ひたい》を見《み》て、話《はな》す。

「ライジはなんのために、踊《おど》ってるの？」

聞《き》きたいのは、あんな攻撃的《こうげきてき》で、圧倒的《あっとうてき》なダンスをする理由《りゆう》。

「勝《か》つためだ」

ライジは即答《そくとう》した。それは、リヒトと同《おな》じ答《こた》えだった。

「勝《か》って、勝《か》ち続《つづ》けて、一番高《いちばんたか》みまで昇《のぼ》りつめる。それ以外《いがい》に、理由《りゆう》はいらないだろ」

鋭《するど》い眼差《まなざ》しで答《こた》える。その目《め》には、迷《まよ》いなんて少《すこ》しもない。

「……それは、たのしいの？」

ライジは、はっ、と鼻《はな》で笑《わら》う。

「くだらねえ。たのしいだのたのしくないだの、そんな気持《きも》ちは、関係《かんけい》ない」

（……本当《ほんとう》に？）

わたしは、ライジをじっと見《み》つめる。

目《め》をそらしたのは、ライジの方《ほう》だった。

「勝《か》つためには技術《スキル》がすべてだ。たのしいお遊《あそ》びがしたいなら、よそでやってろ」

それ以上話《いじょうはな》すことはないと、ライジはわたしをおいて帰《かえ》っていく。

「悪《わる》いわね、ヤコ。うちのリーダー天邪鬼《あまのじゃく》だから」

さっきまでライジの隣《となり》にいたケイティーが、柔《やわ》らかい声《こえ》でわたしに言《い》った。

さっきの、ライジとケイティーの会話《かいわ》を聞《き》いていた。ケイティーは、バトルではライジの対戦相手《たいせんあいて》だったけど、『ライジン』のチームメンバーでもあったんだ。

「ちなみにアタシ、あなたのフォロワー」

ケイティーの言葉《ことば》に、はっとする。

「動画出身《どうがしゅっしん》のダンサー同士《どうし》、戦《たたか》えるの、たのしみにしてるわ」

ぱちっとウインクをして、そのままケイティーはライジを追《お》いかけていった。

『ヤコちゃんは、なんのために踊《おど》ってるの？』

アマネの問《と》いかけを、思《おも》い出《だ》す。

『たのしいお遊《あそ》びがしたいなら、よそでやってろ』

ライジの厳《きび》しい言葉《ことば》を、思《おも》い返《かえ》す。

（わたしは……）

勝《か》つとかプロとか、全然《ぜんぜん》わからない。何《なに》になりたいとか、ない。

それでも。

（たのしむために、踊《おど》りたい）

第《だい》7話《わ》　ひとつのチームとして

アマネとのMV《エムブイ》撮影《さつえい》が終《お》わって、わたしたちは準決勝《じゅんけっしょう》の準備《じゅんび》を始《はじ》めることになった。

今日《きょう》はスタジオが使《つか》えない日《ひ》だから、放課後《ほうかご》、広場《ひろば》に集《あつ》まる。

「作戦《さくせん》を考《かんが》えたわ」

最初《さいしょ》に話《はなし》を始《はじ》めたのは、ヒオだった。

「こないだのダンスバトル大会《たいかい》を見《み》て、わかったの。ライジンは、ライジもケイティーも高《たか》いスキルを持《も》ってる……」

やっぱり、ヒオの目《め》から見《み》てもすごかったんだね、二人《ふたり》とも。

「くやしいけど、ストリートダンスを始《はじ》めたばかりのあたしたちじゃ、技術《ぎじゅつ》では勝《か》てないわ」

もしもわたしが、あの二人《ふたり》とダンスバトルをしたら。ケイティーとは同《おな》じ、SNS《エスエヌエス》でダンスをやってる子同士《こどうし》、いい勝負《しょうぶ》ができるかもしれないけど。

わたしも、ライジには全然《ぜんぜん》、勝《か》てる気《き》がしないな……。うまいのも、理由《りゆう》だけど。

ライジはただでさえ怖《こわ》いのに、バトルだともっと怖《こわ》いから……。

「でもあたしたちが戦《たたか》うのはバトルじゃなくてコンテスト。そこに勝《か》ち目《め》があるはず」

「そうだね」

リヒトもうなずいて、バトルとコンテストの違《ちが》いについて教《おし》えてくれる。

「バトルは、当日《とうじつ》どんな曲《きょく》で踊《おど》ることになるかわからない。振り付け《ルーティーン》を一部分《いちぶぶん》だけ考《かんが》えて持《も》っていくことはできても、曲《きょく》に合《あ》わせるのは即興《そっきょう》のダンスだ」

即興《そっきょう》、たのしいけどむずかしいんだよね。考《かんが》えながら踊《おど》っても、普段《ふだん》から練習《れんしゅう》してることしかできないから。自分《じぶん》のスキルが今《いま》どのくらいなのかってことを、思《おも》い知《し》らされる感《かん》じがする。

「コンテストは、ダンスを事前《じぜん》に作《つく》ることができる。どっちも技術《ぎじゅつ》は大事《だいじ》だけど、コンテストでは、特《とく》に、総合的《そうごうてき》な完成度《かんせいど》が評価《ひょうか》されるんだ」

「総合的《そうごうてき》って、つまり……？」

「ダンスのうまさだけじゃなくて、ダンス作品《さくひん》としての完成度《かんせいど》を見《み》られるってこと。曲《きょく》の選《えら》び方《かた》や、テーマの見《み》せ方《かた》、世界観《せかいかん》、振《ふ》り付《つ》けやフォーメーション……全体《ぜんたい》の構《こう》成《せい》をふくめてね」

リヒトは、「それからもちろん、チームワークも大事《だいじ》だね」と付《つ》け足《た》す。

「準決勝《じゅんけっしょう》までの準備期間《じゅんびきかん》は長《なが》いわ。わたしたちにできるのは、ひとつのチームとして完成度《かんせいど》の高《たか》い作品《さくひん》を作《つく》ることだと思《おも》う」

作品《さくひん》……ってことは。

「わかった。アマネの、MV《エムブイ》撮影《さつえい》の時《とき》みたいな感《かん》じだね」

「ええ、撮影《さつえい》に参加《さんか》してみて思《おも》ったの。ダンスってどう魅《み》せるかも大事《だいじ》なんだって」

あの時《とき》のダンスは、ダンス自体《じたい》に、曲《きょく》のストーリーが乗《の》っている感《かん》じがした。

「今《いま》までも、曲《きょく》のイメージや歌詞《かし》を意識《いしき》して踊《おど》ってきたけど、もっと伝《つた》わるようにダンスを作《つく》るってことだよね」

「そう」と、ヒオはうなずいて、言《い》った。

「ただ、一番《いちばん》うまいダンスを目指《めざ》すだけじゃなくて、一番《いちばん》、作品《さくひん》として、見《み》た人《ひと》の心《こころ》に残《のこ》るダンスを目指《めざ》すのも、ステキじゃない？」

わたしは、ダンス動画《どうが》でも、何度《なんど》でも見返《みかえ》したくなるダンスが好《す》き。

ステージのダンスは一度《いちど》きりだけど、心《こころ》の中《なか》でなら、何回《なんかい》も何十回《なんじっかい》も再生《さいせい》できる。

そんなダンスを作《つく》れたら……！

（きっとみんなに、たのしんでもらえる……！）

そう思《おも》いながら、いっぱいの観客席《かんきゃくせき》をイメージすると、どきどきした。緊張《きんちょう》じゃなくて、たのしみで。

「もうひとつ、おれからも提案《ていあん》がある。ヤコとヒオには得意《とくい》なことを活《い》かして、新《あたら》しい武器《ぶき》を身《み》につけてほしい」

「ぶ、武器《ぶき》……？」

「物騒《ぶっそう》な言《い》い方《かた》だけど、要《よう》するにダンスの新技《しんわざ》ってことね」

「ああ。得意分野《とくいぶんや》を極《きわ》めれば、技術面《ぎじゅつめん》でもライジたちに勝《か》てるかもしれない。予選《よせん》は、全員《ぜんいん》で合《あ》わせることを目的《もくてき》にジャンルをヒップホップで統一《とういつ》したけど。次《つぎ》はもっと、それぞれの強《つよ》みを活《い》かして、いろんなジャンルを取《と》り入《い》れた作品《さくひん》を作《つく》ろう」

ヒオは考《かんが》え込《こ》む。

「あたしの強《つよ》み……体《からだ》の柔《やわ》らかさとか、バレエの経験《けいけん》ね。バレエに似《に》てるコンテンポラリーやジャズダンスなら、けっこう得意《とくい》かも」

わたしは手《て》をあげる。

「あのっ。得意《とくい》、とはちがうかもしれないけど、わたし、やりたいことがあるんだ。

指先《ゆびさき》で踊《おど》るタットダンス……！」

ＭＶ《エムブイ》撮影《さつえい》の時《とき》に習《なら》ったのは少《すこ》しだけだけど、あれから練習《れんしゅう》して、結構《けっこう》うまくなったと思《おも》うんだ。

「……ヤコ、タットは座《すわ》ったままできるからって学校《がっこう》の授業中《じゅぎょうちゅう》もやってたでしょ」

「え、えへ」

先生《せんせい》に見《み》つかって、ちゃんと怒《おこ》られました……。バスの中《なか》でもお風呂《ふろ》の中《なか》でも、どこでもできるから、たのしくて止《と》まらなくなっちゃうんだよね。

「いいと思《おも》う」

リヒトはそう言《い》って、早口《はやくち》でぶつぶつと呟《つぶや》き始《はじ》める。

「二人《ふたり》が腕《うで》の動《うご》きを極《きわ》める方向性《ほうこうせい》でいくとすると、ヒオの柔軟性《じゅうなんせい》も活《い》きるし……うん、あのジャンルかもしれない。となると誰《だれ》かに教《おし》えてもらった方《ほう》がいいな。お願《ねが》いできるとしたら……じゃあおれが磨《みが》くべきスキルはやっぱり……」

ヒオがひそひそとわたしに耳打《みみう》ちする。

「リヒトって、なんていうか……ダンスオタクよね？」

「うん。ダンスのこと考《かんが》え始《はじ》めると、ちょっと長《なが》い……かも」

大事《だいじ》なことを考《かんが》えてくれてるのはわかるんだけど、ちょっと自分《じぶん》の世界《せかい》に入《はい》っちゃってるから。わたしたちの声《こえ》、聞《き》こえてなさそう。

リヒトを引《ひ》き戻《もど》すために、ヒオがぱんっと手《て》を叩《たた》いた。

「まずコンセプトとか曲《きょく》の方向性《ほうこうせい》を決《き》めないと始《はじ》まらないでしょ」

「はっ……その通《とお》りだ」

リヒトが会話《かいわ》に戻《もど》ってきた。よかった。

「ヤコ、あなたは何《なに》やりたい？」

「わたしは……」

考《かんが》える。

「やったことない雰囲気《ふんいき》の曲《きょく》、やってみたいかも。新《あたら》しいことってわくわくするから、がんばれる」

「やったことない曲《きょく》って言《い》ったら……」

アイドルソングでも、クラシック曲《きょく》でも、洋楽《ようがく》でもない……。

「和《わ》テイスト、とかかしら？」

「！　それいい」

和《わ》の音楽《おんがく》って、盆踊《ぼんおど》りとかソーラン節《ぶし》くらいでしか踊《おど》ったことないもんね。ストリートダンスで踊《おど》ったら、どんな感《かん》じになるんだろう。

「それなら、おれ、好《す》きな曲《きょく》があるんだ。プロのダンスチームが作《つく》った曲《きょく》でさ」

「え、ダンスチームが音楽作《おんがくつく》るの……？」

そんなのアリ……!?

「うん。プロのアーティストに依頼《いらい》したり、自分《じぶん》たちで歌《うた》ったりね」

「やりたいダンスに合《あ》わせて曲《きょく》を作《つく》れるなんて、ステキよね。あたしたちもやってみたいな～」

「はは。おれたち、誰《だれ》も音楽《おんがく》できないけどね」

「そう？　ヤコとか、音楽《おんがく》のセンスもありそうだけど」

「え、わたし？　なんで!?」

リコーダーは得意《とくい》だけど、それだけだよ。

「だって。ヤコって、音楽付《おんがくつ》きのダンス動画《どうが》一度《いちど》見《み》たら、だいたい振《ふ》り覚《おぼ》えられるでしょう？」

「うん」

「でも、単純《たんじゅん》に記憶力《きおくりょく》がいいわけじゃないと思《おも》うの。テストの点数悪《てんすうわる》いし」

「うっ」

「それで、ヤコの様子《ようす》を見《み》て、気《き》づいたんだけど……ヤコって曲《きょく》を一度聞《いちどき》いて、振《ふ》り付《つ》けを覚《おぼ》える時《とき》、曲《きょく》を口《くち》ずさむじゃない？　その、音程《おんてい》とリズムが完璧《かんぺき》なの」

「ああ……音《おと》が完璧《かんぺき》にわかってるから、セットで振《ふ》りも頭《あたま》に入《はい》りやすいし、曲《きょく》とタイミングが合《あ》ったダンスができるのか」

「そう。ヤコは記憶力《きおくりょく》がいいんじゃなくて、耳《みみ》がいいのよ」

別《べつ》に、絶対音感《ぜったいおんかん》とかがあるわけじゃないけど……そうなのかな？

「二人《ふたり》が、そう言《い》うなら。音楽《おんがく》……好《す》きだし、勉強《べんきょう》、ちょっとしてみたいかも？　いつかダンスのために曲《きょく》を作《つく》れたらいいなって思《おも》うし」

やっぱり、好《す》きなことなら勉強《べんきょう》もいやじゃないみたい。

「学校《がっこう》の教科《きょうか》がダンスと音楽《おんがく》だけになればいいのに……」

「体育《たいいく》はいらないんだ？」

「…………球技《きゅうぎ》が苦手《にがて》」

「ヤコったら、ドッジボールで避《よ》けすぎて最後《さいご》の一人《ひとり》にしょっちゅうなってるのよ」

「あー、ヤコ、反射神経《はんしゃしんけい》いいからなぁ……」

最後《さいご》の一人《ひとり》になったら、すごく、嫌《いや》なことがある。それは……。

「みんなわたしのこと見《み》る！　こわい！　きらい！」

「それで固《かた》まって、ボールに当《あ》たって負《ま》けてるわ」

だって、見《み》られたら緊張《きんちょう》して固《かた》まっちゃうから……。

うう、この話《はなし》は恥《は》ずかしいからおしまい！

「そ、そうだ。衣装《いしょう》も、雰囲気《ふんいき》に合《あ》わせたものにしないとだよね！」

「そうね。でも和《わ》の衣装《いしょう》って、どうすれば？」

「古着屋《ふるぎや》とかで探《さが》すのも難《むずか》しそうだな」

「買《か》った服《ふく》をアレンジするとか、作《つく》るしかないのかな……」

「ごめん、おれ、美術《びじゅつ》とか家庭科《かていか》とか苦手《にがて》」

「あたしも……」

わたしも、手縫《てぬ》いはできるけどミシンは苦手《にがて》だ。うーん……。

「……助《すけ》っ人《と》をお願《ねが》いする！」

自分《じぶん》たちにできないことは、大人《おとな》に頼《たよ》ろう。

と、いうわけで。いとこのユカ姉《ねえ》に電話《でんわ》した。

ユカ姉《ねえ》はＹＡＫＯ《ヤコ》のアカウントを管理《かんり》して、マネージャーみたいなことをやってくれてるけど、大学《だいがく》でファッションの勉強《べんきょう》をしているデザイナーの卵《たまご》でもあるんだ。

『衣装作《いしょうづく》り!?　やるやる、まかせて』

「大丈夫《だいじょうぶ》？　学校《がっこう》の宿題《しゅくだい》とか忙《いそが》しいんじゃ……」

『ばっちり大丈夫《だいじょうぶ》！　作《つく》った衣装《いしょう》は、ちょうど学校《がっこう》の課題《かだい》として提出《ていしゅつ》できそうだから』

「だってさ」

電話《でんわ》の内容《ないよう》を伝《つた》えると、リヒトはなぜか手《て》を合《あ》わせていたし、ヒオは震《ふる》えていた。

「あ、ありがたすぎる……」

「バレエやってたからわかるわ。衣装作《いしょうづく》りって大変《たいへん》なのよ……」

「ヤコ、今度《こんど》、ユカさんに菓子折《かしお》り用意《ようい》するから持《も》っていって。あと製作費《せいさくひ》と報酬《ほうしゅう》、聞《き》いといて。昔《むかし》のダンスバトルの賞金《しょうきん》があるから、おれは大人並《おとなな》みに払《はら》えます」

「えっ、でもユカ姉《ねえ》がお金《かね》はいらないって……」

リヒトはわたしの肩《かた》を、ガシッとつかんだ。

「ダンスの賞金《しょうきん》って、ダンスに使《つか》うためにあるんだよ。っていうか、それ以外《いがい》に使《つか》い道《みち》、ない」

すごく真《ま》っ直《す》ぐで力強《ちからづよ》い目《め》だ……。

「り、リヒトって……実《じつ》は、ダンスのことしか考《かんが》えてないよね」

「ダンスオタク……」

ヒオがぼそっと呟《つぶや》いた。

「あれ？　賞金《しょうきん》、ダンスのことにしか使《つか》わないなら……シュークリームは？

奢《おご》ってくれたよね……？」

「あれはダンスのモチベーションになるから、ダンスのためだよ」

「そうよね〜！　甘《あま》いものなしに踊《おど》れないわ、あたし！　また奢《おご》って！」

「……ヒオ、ヒオ？　ちゃんと言《い》おう？　ありがとうって……言《い》おう？」

お礼《れい》は、大事《だいじ》。

リヒトが、何《なに》かにハッと気《き》づいた顔《かお》をした。

「そうだ、言《い》っておかないと。今回《こんかい》のコンテストでは、準決勝《じゅんけっしょう》と決勝《けっしょう》を同《おな》じ日《ひ》に連続《れんぞく》
でやるのは、知《し》ってる？」

「え、それって。ダンスを、二作品用意《にさくひんようい》しないといけないってこと？」

「だから準備期間《じゅんびきかん》が長《なが》いのよね」

「……それ、もし、準決勝《じゅんけっしょう》で負《ま》けたら？」

リヒトは、静《しず》かに言《い》った。

「二作品目《にさくひんめ》は踊《おど》れない」

……せっかく用意《ようい》したのに!?

「ぜ、絶対勝《ぜったいか》たなきゃじゃん」

「あら、ヤコ。勝《か》つとかわかんないって言《い》ってなかった？」

「う、そうだけど……踊《おど》れなくなるのは、嫌《いや》だよ。それは、やだ」

「そうだね。勝《か》ったら、もっとたのしいことが待《ま》ってるはずだ。がんばろう」

「……うん！」

準備《じゅんび》は、たのしい。たのしかったから、ライジの言葉《ことば》を思《おも》い出《だ》してしまった。

『たのしいお遊《あそ》びならよそでやってろ』

きっと、たのしいだけじゃ勝《か》てない、そういう意味《いみ》で言《い》ったんだと思《おも》う。

（ううん……ライジ。確《たし》かにわたしにとって、ダンスは遊《あそ》びだったけど。それでもここで、やりたいの）

みんなと一緒《いっしょ》にダンスをすること、それ以上《いじょう》にたのしいことなんて、わたしはもう知《し》らないから。

だから、準備《じゅんび》も、練習《れんしゅう》も、全部《ぜんぶ》たのしんで、今《いま》をたのしむことが勝《か》つことにも繋《つな》がってると、わたしは、信《しん》じてがんばるんだ。

「そういえば」

ヒオは、ふと思《おも》い出《だ》したように聞《き》いた。

「リヒトって昔《むかし》、ライジと同《おな》じチームでダンスしてたのよね。どうして今《いま》は仲悪《なかわる》いの？」

（すごい……わたしが、聞《き》きにくくて聞《き》けなかったことを、ずばっと！）

リヒトは、少《すこ》し言《い》いづらそうに答《こた》える。

「元々《もともと》……おれもライジもブレイキンやってたんだ。一緒《いっしょ》にダンスバトルで勝《か》つために、チームを組《く》んでた」

あっ、だからリヒト、アクロバティックな技《わざ》ができるんだ。

「けど二年前《にねんまえ》に、おれは怪我《けが》して、チームをやめたんだ」

「怪我《けが》……!?」

「練習中《れんしゅうちゅう》に、高《たか》いところから落《お》ちてさ。……あ、今《いま》は完璧《かんぺき》に治《なお》ってるから大丈夫《だいじょうぶ》だよ。ちょっと高所恐怖症《こうしょきょうふしょう》になっただけ」

それは大丈夫《だいじょうぶ》じゃないんじゃ……？

「ただ……やめる時《とき》に、ライジと喧嘩《けんか》したんだ。あいつ口悪《くちわる》いだろ。おれも、昔《むかし》は口《くち》下手《べた》でさ。なんでやめるのとか、うまく説明《せつめい》できなくて。喧嘩《けんか》して、それっきり」

リヒトは悲《かな》しそうに、苦笑《にがわら》いする。

「勉強《べんきょう》して知《し》ってる言葉《ことば》を増《ふ》やしてもさ。あいつと仲直《なかなお》りする言葉《ことば》は、まだ、わからないんだ」

……わたしには、リヒトの気持《きも》ちが、わかる気《き》がした。

わたしが、なかなか友達《ともだち》ができないのは、人《ひと》とうまく話《はな》せないからだ。せっかく友《とも》達《だち》になれても、うまく伝《つた》えられなくて、すぐに仲良《なかよ》しじゃなくなってしまう。

リヒトやヒオは、ダンスを通《つう》じて仲良《なかよ》くなったから、同《おな》じものが好《す》きだってわかってるから、安心《あんしん》してちゃんと話《はな》せる。伝《つた》わるまで、話《はな》すのをがんばれる。ヒオとは、たまに喧嘩《けんか》するけど、ちゃんとすぐ仲直《なかなお》りできる。

二人《ふたり》は、大事《だいじ》なチームメイトで、わたしの大事《だいじ》な友達《ともだち》だ。

（だけど、リヒトは……）

大事《だいじ》なチームメイトだったはずのライジと、喧嘩《けんか》したまま。

同《おな》じものが好《す》きで、同《おな》じ心《こころ》を持《も》っていた友達《ともだち》と、友達《ともだち》じゃなくなるのは、きっととても、つらい。

空気《くうき》がしんみりしてしまった。リヒトは、わざとらしいほど明《あか》るく言《い》う。

「ダンスの話《はなし》に戻《もど》ろうか！」

「そうね。得意《とくい》を活《い》かしたダンスを作《つく》るって言《い》ってたけど、苦手《にがて》を克服《こくふく》することも大事《だいじ》だわ」

ヒオの言葉《ことば》にわたしは「うっ」となる。

「わたしの苦手《にがて》なこと……人前《ひとまえ》で踊《おど》るのを、なんとかしないとだよね」

ヒオはにやりと笑《わら》った。

「それも作戦《さくせん》があるわ」

「？」

「ヤコ、あたしとバトルした時《とき》のこと覚《おぼ》えてる？　周《まわ》りに人《ひと》がいて、あたしたちのダンス見《み》られてたけど、平気《へいき》だったでしょ。つまり、ヤコはコンテストと違《ちが》って、バトルなら緊張《きんちょう》しないってこと！」

「そ、それは、人《ひと》が少《すく》なかったし……バトルの時《とき》はヒオを意識《いしき》してたからで……」

「つまり。これから人前《ひとまえ》でダンスバトルをたくさんすれば……ヤコは見《み》られるのに慣《な》れて、コンテストでも緊張《きんちょう》しなくなるはずよ！」

この前見《まえみ》たダンスバトルの大会《たいかい》を思《おも》い出《だ》す。たくさんの人《ひと》が、ダンサーを囲《かこ》んでバトルを見《み》ていた。コンテストの客席《きゃくせき》よりもずっと近《ちか》くで。

「……むりむりむり！」

「名付《なづ》けて、『エンドレスバトル大作戦《だいさくせん》』よ！」

……ヒオ、わたしの話《はなし》、聞《き》いてない！

「なにその作戦名《さくせんめい》、カッコいい。おれも参加《さんか》したい」

リヒトも止《と》めてくれないの⁉

「調《しら》べたらダンスバトルのイベントって、いろんなところでやってるのね。次《つぎ》のお休《やす》みに、さっそく行《い》きましょう！」

（む、むりだよ〜〜！）

ダンススタジオで、オレたちライジンは準決勝《じゅんけっしょう》に向《む》けて、ダンスの振《ふ》り付《つ》け作《づく》りをしていた。

鏡張《かがみば》りのスタジオで、作《つく》った振《ふ》り付《つ》けを何度《なんど》も踊《おど》ってみて、調整《ちょうせい》していく。

「ケイティー、前《まえ》に出《で》すぎだ。マリア、タイミングが遅《おく》れている。集中《しゅうちゅう》しろ」

今《いま》のライジンのメンバーは、オレ、東雷司《アズマライジ》以外《いがい》に二人《ふたり》。

年上《としうえ》でダンス歴《れき》が長《なが》く、ダンス系《けい》ユーチューバーとしても実力派《じつりょくは》な、京田茶々《ケイダチャチャ》ことケイティー。

そして同《おな》じダンス教室《きょうしつ》に通《かよ》う、真里亜《マリア》。ポニーテールの、おとなしい年下《としした》の女子《じょし》。

だが、ダンス教室《きょうしつ》の女子《じょし》の中《なか》で、一番優秀《いちばんゆうしゅう》だ。

二人《ふたり》とも、コンテストの前《まえ》に新《あたら》しく、『ライジン』に入《はい》ったメンバーだ。

「オレが考《かんが》えた振《ふ》り付《つ》けに、文句《もんく》があるなら言《い》え」

文句《もんく》があるなら早《はや》めに言《い》ってもらった方《ほう》がいい。変《か》えてもっといいものにする。

「い、いえ！　ウチはありません」

と、マリアは体《からだ》を縮《ちぢ》こまらせる。

「アタシは、振《ふ》り付《つ》けについてじゃないけど、ひとつ意見《いけん》があるわ」

「なんだ」

「チーム名《めい》のことよ。『ライジン』って、ほぼあなたの名前《なまえ》じゃない。ちょっとセンスがよくないと思《おも》うの。チーム名《めい》を変《か》える気《き》はない？」

「……くだらねえ」

オレは顔《かお》を背《そむ》けて、振《ふ》り付《つ》けを考《かんが》えるのに戻《もど》る。

「あの、ケイティーさん。ウチ、同《おな》じダンス教室《きょうしつ》だから知《し》ってるんですけど。『ライジン』ってチーム名《めい》、リヒト先輩《せんぱい》と決《き》めたものなんです」

「リヒトって、『ヨルマチ』のリーダーをやっているダンサーよね？　ライジと組《く》んでたなんて、想像《そうぞう》つかないわ。どんな人《ひと》だったの？」

「それは……」

背中《せなか》で話《はな》し続《つづ》ける二人《ふたり》に、オレは振《ふ》り返《かえ》らないまま、答《こた》えた。

「あいつは、爆弾《ばくだん》みたいなやつだよ」

「……どういうこと？」

オレは、話《はなし》を聞《き》きたがるケイティーを無視《むし》して、ホワイトボードに振《ふ》り付《つ》けのアイデアを書《か》き込《こ》んでいく。

ふと、昔《むかし》のことを思《おも》い出《だ》した。リヒトとチームを組《く》んだ日《ひ》のことだ。

『ライジン？』

『ああ、オレたちのチーム名《めい》だ』

『ほぼライジの名前《なまえ》じゃん』

『ちがう！』

そう言《い》って、あの日《ひ》も、オレはダンススタジオのホワイトボードに書《か》いた。

『オレたちの名前《なまえ》、雷司《ライジ》と理人《リヒト》から一文字《いちもじ》ずつ取《と》って「雷人《ライジン》」だ』

『ふうん。ま、それならアリか……』

リヒトは、オレの手《て》からペンを取《と》り、ボードに書《か》き足《た》した。

『でも、書《か》き方《かた》はこうしよう。漢字《かんじ》じゃなくて英語《えいご》でさ』

〝R《ラ》I《イ》S《ジ》I N《ン》G〟

『「昇《のぼ》る」って意味《いみ》だよ。おれたちの名前《なまえ》と、ダブルミーニング。カッコよくない？』

『フン……』

悪《わる》くない、と思《おも》った。

『おれたちはダンスで、昇《のぼ》りつめるんだ』

『昇《のぼ》りつめるって、どこまでだ？』

『そうだな。オリンピックとか、プロリーグ優勝《ゆうしょう》とか……なんでもいいや。行《い》けるとこまで行《い》こうぜ。一緒《いっしょ》に、さ！』

そう、約束《やくそく》した。

だが。リヒトはその後《あと》、ダンス教室《きょうしつ》をやめ、ブレイキンをやめ、チームをやめた。

――約束《やくそく》を、破《やぶ》ったんだ。


オレは、今《いま》、ダンスのアイデアで真《ま》っ黒《くろ》になったボードを見《み》る。

チーム名《めい》を、変《か》える気《き》はない。

「……オレは、ひとりでも昇《のぼ》りつめてみせる」

第《だい》8話《わ》 わたしはダンサー!

練習《れんしゅう》の一《いっ》ヶ月《かげつ》は、あっという間《ま》に過《す》ぎた。

(ついにきちゃった……コンテストの日《ひ》!)

準決勝《じゅんけっしょう》と決勝《けっしょう》の会場《かいじょう》は予選《よせん》の時《とき》よりも大《おお》きい、県内《けんない》のコンサートホールだ。

会場《かいじょう》が大《おお》きいのは、わたしたちのコンテストだけじゃなくて、審査員《しんさいん》に呼《よ》ばれたプロダンサーのショーやバトルもある、一大《いちだい》ダンスイベントだから。

つまり……予選《よせん》とは比《くら》べものにならないくらい、お客《きゃく》さんがいっぱい、ってこと。

(千人《せんにん》、二千人《にせんにん》……ううん、もっといる!?)

十一月《じゅういちがつ》も後半《こうはん》に。冬《ふゆ》が近《ちか》づいていて、屋内《おくない》でもちょっぴり寒《さむ》いくらいだ。

だけど会場《かいじょう》は、熱気《ねっき》に包《つつ》まれていた。

司会《しかい》のお姉《ねえ》さんとDJ《ディージェイ》のお兄《にい》さんが、ステージを盛《も》り上《あ》げる。

『みなさん、お待《ま》たせしました!』

『ダンスコンテスト・準決勝戦《じゅんけっしょうせん》の開幕《かいまく》だ~!』

ワアア！　と歓声《かんせい》が上《あ》がる。

わたしはステージの裏《うら》で、縮《ちぢ》こまりながら出番《でばん》が近《ちか》づくのを待《ま》っていた。

リヒトは今《いま》、ここを離《はな》れていて、隣《となり》にはヒオだけ。

薄着《うすぎ》のダンス衣装《いしょう》に上着《うわぎ》を羽織《はお》った格好《かっこう》で、わたしは身震《みぶる》いする。震《ふる》えてるのは、寒《さむ》いからじゃなくて、怖《こわ》いから。

予選《よせん》みたいなミスをしないように、緊張《きんちょう》を克服《こくふく》する特訓《とっくん》はしてきたけど……。

（本当《ほんとう》に、うまくいくかな）

どうしよう？　この日《ひ》のためにたくさん考《かんが》えてたくさん練習《れんしゅう》したのに、本番《ほんばん》で失敗《しっぱい》しちゃったら……。

うつむいて、考《かんが》えれば考《かんが》えるほど、血《ち》の気《け》が引《ひ》いて指先《ゆびさき》が冷《つめ》たくなっていく。

ぎゅっ、と。隣《となり》のヒオが、わたしの手《て》を握《にぎ》った。

「顔《かお》上《あ》げて！」

「……ヒオ？」

「せっかくステキにメイクしたんだから、うつむいてちゃもったいないわ」

ヒオの目《め》は、暗《くら》い舞台裏《ぶたいうら》なのにきらきらと輝《かがや》いていた。それはメイクのおかげ……

だけじゃない。

「ヒオ……なんだか、たのしそう？」

ダンスは好《す》き、だけどたのしくはない。前《まえ》に、そう言《い》っていたはずなのに。

「そうね。あたし今《いま》、たのしくてしかたないの。だって、一生懸命《いっしょうけんめい》作《つく》ったダンス作品《さくひん》を、ようやくお披露目《ひろめ》できるんだから！」

今《いま》、ヒオはうれしそうに話《はな》している。

「気《き》づいたの。あたしは、一番《いちばん》になることやうまくなることが、一番《いちばん》好《す》きだけど……作品《さくひん》を作《つく》ることが、一番《いちばん》たのしいんだって」

今回《こんかい》の作品作《さくひんづく》りで、一番《いちばん》アイデアをたくさん出《だ》していたのは、ヒオだった。

ステージの上《うえ》ではどうダンスを見《み》えるのか、とか、ダンスでどうストーリーを作《つく》るのか、とかを考《かんが》えるのが、わたしたちの中《なか》で一番《いちばん》うまかった。

バレエをやってたヒオは、自分《じぶん》で踊《おど》るだけじゃなくて、いろんな舞台《ぶたい》を観《み》てきたからかな。その経験《けいけん》が、作品作《さくひんづく》りの参考《さんこう》にもなったんだと思《おも》う。

しみじみと、うれしそうにヒオは呟《つぶや》いた。

「あたし……これからずっと、たのしみながらダンスができるんだわ」

そっか、ヒオは……なんのために踊《おど》るのかを、ダンスを好《す》きでいられる理由《りゆう》を、新《あたら》しく見《み》つけたんだ。

「よかったね。好《す》きなもの、見《み》つけられて」

「ヤコのおかげよ。チームに誘《さそ》ってくれたから、一緒《いっしょ》にコンテストに出《で》たから、見《み》つけられたの」

「わたしが……」

わたしが、ヒオのきっかけになれた？

（じゃあ……）

あの時《とき》、勇気出《ゆうきだ》してヒオを誘《さそ》って、よかったな。

胸《むね》が熱《あつ》くなる。震《ふる》えと手《て》の冷《つめ》たさは、いつの間《ま》にかなくなっていた。

『対戦順《たいせんじゅん》を発表《はっぴょう》します！』

ステージから聞《き》こえる声《こえ》に、はっとする。

『準決勝《じゅんけっしょう》、一回戦《いっかいせん》は――「ライジン」VS《ブイエス》「ヨルマチ」！』

「さっそく戦《たたか》うのね」

「うん……」

出場者《しゅつじょうしゃ》には事前《じぜん》に対戦順《たいせんじゅん》が知《し》らされていたから、驚《おどろ》かないでいられた。

ヒオはきょろきょろと、舞台裏《ぶたいうら》を見渡《みわた》す。

「リヒトはどこ？」

「ひとりで考《かんが》えたいことがあるんだって。本番《ほんばん》までには戻《もど》ってくるって言《い》ってたよ」

「それにしてはちょっと遅《おそ》いわね。めずらしい。いつもリーダーとして、しっかりしてるのに……」

「もしかしたら、リヒトも緊張《きんちょう》しているのかも」

「そうね。今回《こんかい》のダンス、リヒトはアクロバティックな技《わざ》が多《おお》いもの」

アクロバティックな技《わざ》の中《なか》でも、高《たか》く跳《と》ぶような技《わざ》や、着地《ちゃくち》が必要《ひつよう》な技《わざ》は、怖《こわ》くなるんだって、リヒトは言《い》っていた。

「やっぱり跳《と》ぶのは怖《こわ》いのかしら……今《いま》からでもダンスの構成《こうせい》、変《か》えた方《ほう》がいいかな」

「んー……それは、大丈夫《だいじょうぶ》だと思《おも》う」

「どうして？」

わたし、練習中《れんしゅうちゅう》に見《み》たんだ。

「リヒト、跳《と》ぶ時《とき》ちょっと笑《わら》ってるもん」

ヒオは顔《かお》をしかめた。

「……それ、おかしくない？　怖《こわ》いのに、笑《わら》うの？」

そうかな。

「怖《こわ》いけど好《す》きなことって、あるよ」

わたしも、人目《ひとめ》が怖《こわ》いのに、人《ひと》がわたしのダンスを見《み》てくれるのは、好《す》きだもん。

納得《なっとく》したように、ヒオはうなずいた。

「たしかに。あたしも体重《たいじゅう》増《ふ》えるの怖《こわ》いのに、スイーツ食《た》べ放題《ほうだい》、好《す》きだわ」

「それはなんかちがうかも」

ともかく。ヒオと話《はな》したおかげで、緊張《きんちょう》がほぐれてきた。

これなら、落《お》ち着《つ》いてステージを見《み》ることができそう。

(わたしたちの出番《でばん》は二番目《にばんめ》……)

『先攻《せんこう》は――「RISING《ライジン》」！』

これから始《はじ》まるのは、ライジンのダンスだ。

真《ま》っ暗《くら》なステージに、スポットライトの鋭《するど》い光《ひかり》が落《お》ちる。

浮《う》かび上《あ》がるのは、三人《さんにん》のシルエット。ピタリとした衣装《いしょう》は、それぞれの体《からだ》の動《うご》きが、とてもよく見《み》える。

真《ま》ん中《なか》に立《た》っているのは、ライジだ。後《うし》ろにはケイティーともう一人《ひとり》……細《ほそ》身《み》の、マリアという女《おんな》の子《こ》。二人《ふたり》は、バックダンサーみたいにライジの存在感《そんざいかん》を引《ひ》き立《た》たせていた。

曲《きょく》が流《なが》れ出《だ》す。電子楽器《でんしがっき》の音《おと》は、どこか不安《ふあん》になる音色《ねいろ》を奏《かな》でる。静《しず》かで、なめらかで、だけど不穏《ふおん》な……まるで、雨《あめ》の前《まえ》の曇《くも》り空《ぞら》のような、旋律《せんりつ》。

合《あ》わせて三人《さんにん》の体《からだ》が、それぞれの手足《てあし》が波打《なみう》った。ウェーブ……体《からだ》の部位《ぶい》を細《こま》かく順《じゅん》に動《うご》かすことで、なめらかにうねらせる技《わざ》だ。

旋律《せんりつ》には、金属《きんぞく》を細《こま》かく叩《たた》く雨音《あまおと》のような音色《ねいろ》が重《かさ》なる。ライジたちは、静電気《せいでんき》が弾《はじ》けるようにヒットを打《う》つ。

打楽器《だがっき》の低《ひく》い音《おと》が、唸《うな》りを上《あ》げた。雲《くも》の中《なか》で雷《かみなり》が鳴《な》り出《だ》すような音《おと》に合《あ》わせ、荒々《あらあら》しくステップを、踏《ふ》み出《だ》して。

暴風《ぼうふう》が吹《ふ》き荒《あ》れた。ライジのウィンドミル——風車《ふうしゃ》を意味《いみ》する、大技《パワームーブ》。

頭《あたま》と背中《せなか》は地面《じめん》につけて、開《ひら》いた両足《りょうあし》が、高速《こうそく》で宙《ちゅう》を回転《かいてん》する。遠心力《えんしんりょく》で、外《そと》へ外《そと》へと激《はげ》しく回《まわ》る風車《ふうしゃ》は、ライジの、小《ちい》さな体《からだ》からくり出《だ》されているとは思《おも》えないほど、とても大《おお》きく見《み》えた。

嵐《あらし》の夜《よる》が、始《はじ》まる。

わたしは、そのダンスから目《め》を離《はな》せなかった。背中《せなか》に、ビリビリと電撃《でんげき》みたいな緊《きん》張感《ちょうかん》が走《はし》る。

技《わざ》のすごさは、リヒトに教《おそ》わった知識《ちしき》があったから理解《りかい》できた。

でもうまいとか……すごいとか……そういう言葉《ことば》だけじゃ、うまく説明《せつめい》できない。もっと強烈《きょうれつ》で感覚的《かんかくてき》な感動《かんどう》が、そのダンスにはあった。

ビリビリする。ゾクゾクする。目《め》に入《はい》ってきた瞬間《しゅんかん》にそう感《かん》じて、感《かん》じたことを言《こと》葉《ば》にするよりも早《はや》く、頭《あたま》がしびれる。

（わたしは、今《いま》……ライジのダンスに、感動《かんどう》しているんだ）

だけど、湧《わ》き上《あ》がるのは、わたしがいつもダンスを見《み》て感《かん》じる、たのしいという感《かん》情《じょう》じゃなかった。

それは、わたしの『たのしい』っていう感情《かんじょう》が湧《わ》くよりも早《はや》く、ダンサーの感情《かんじょう》がはっきりと伝《つた》わってくるから。

わかってしまったんだ。

(このダンスは、このダンスが伝《つた》えてるのは……)

『怒《いか》り』だって。


オレ、東雷司《アズマライジ》はステージの上《うえ》で、冷静《れいせい》に感覚《かんかく》を研《と》ぎ澄《す》まし、ダンスをしていた。

緊張《きんちょう》など少《すこ》しもしていない。緊張《きんちょう》は弱《よわ》いやつがするものだ。

オレは、強《つよ》い。たとえひとりでも、バトルで勝《か》てるくらいに。

(だが。ひとりではできないこともある)

ダンス作品《さくひん》は一人《ひとり》で踊《おど》るものも作《つく》れるが、三人《さんにん》で踊《おど》ると、やはりできることの幅《はば》が違《ちが》う。それぞれのダンスを組《く》み合《あ》わせることで、より強力《きょうりょく》な作品《さくひん》を作《つく》ることができる。

マリアとケイティーは、オレのやりたいダンスを、バックダンサーとしてより引《ひ》き立《た》たせてくれる。

『ウチはライジのダンスが好《す》きですから』

『だからアタシたちは、ライジのやりたいことを手伝《てつだ》うわ』

そう言《い》って、厳《きび》しい練習《れんしゅう》からも逃《に》げ出《だ》さないでくれる、優秀《ゆうしゅう》な仲間《なかま》だ。

ケイティーの得意《とくい》ジャンルはポッピン。細《こま》かく体《からだ》の筋肉《きんにく》を弾《はじ》く動《うご》きが、ダンスに躍《やく》動感《どうかん》を加《くわ》える。

マリアの得意《とくい》ジャンルは、ロッキン。体《からだ》に鍵《かぎ》をかけるような動《うご》きが特徴的《とくちょうてき》なこのダンスは、激《はげ》しい動《うご》きからの急停止《きゅうていし》で、ダンスにメリハリをつける。

それらの動《うご》きを取《と》り入《い》れたステップは、激《はげ》しく、荒々《あらあら》しい。

だがけっして、乱暴《らんぼう》に踊《おど》っているわけではない。

ダンスにおいて、自分《じぶん》の体《からだ》は楽器《がっき》と同《おな》じだ。力強《ちからづよ》い演奏《えんそう》がしたいからって、楽器《がっき》を強《つよ》い力《ちから》で叩《たた》くことは正《ただ》しくない。

荒々《あらあら》しさを演出《えんしゅつ》するために必要《ひつよう》なのは、自分《じぶん》の体《からだ》を鋭《するど》く研《と》ぎ澄《す》まし、完璧《かんぺき》に、冷静《れいせい》にコントロールする技術《ぎじゅつ》。

(それが、一番大事《いちばんだいじ》だ)

技術《ぎじゅつ》がなければ、伝《つた》えることはできない。

オレのやりたいダンスも。ダンスに込《こ》めた、感情《かんじょう》も。

……このダンス作品《さくひん》のテーマは『怒《いか》り』だ。

イメージするのは、嵐《あらし》の空《そら》。その空《そら》には、神《かみ》がいる。美術《びじゅつ》の教科書《きょうかしょ》で見《み》る、おごそかな風神《ふうじん》と雷神《らいじん》の屏風絵《びょうぶえ》のように。そして、荒《あら》ぶる神《かみ》の怒《いか》りは、雷《かみなり》となって、地《ち》に落《お》ちる――。

ダンスに一番大事《いちばんだいじ》なのは、技術《ぎじゅつ》だ。踊《おど》っている間《あいだ》は冷静《れいせい》に。『たのしい』だの『たのしくない』だの、そんなことを考《かんが》える必要《ひつよう》はない。

だが。ダンスにテーマがあるのならば、それに合《あ》わせた感情《かんじょう》を込《こ》めることも、必要《ひつよう》な技術《スキル》だ。

だからオレは、あえて、冷静《れいせい》さを捨《す》てる。ダンスのために、必要《ひつよう》な自分《じぶん》の感情《かんじょう》を増《ぞう》幅《ふく》させる。

リヒトへの怒《いか》りを、思《おも》い出《だ》すことで。

――昔《むかし》。オレとリヒトが、同《おな》じ小学校《しょうがっこう》に通《かよ》っていた頃《ころ》の話《はなし》だ。

学校《がっこう》では、友達《ともだち》の多《おお》いリヒトは人気者《にんきもの》で、喧嘩《けんか》ばかりのオレは嫌《きら》われ者《もの》だった。

ある日《ひ》。クラスメイトとの喧嘩《けんか》に負《ま》けて、グラウンドに寝転《ねころ》がっていたオレを、リヒトがのぞき込《こ》んだ。

『なあ、ライジ。喧嘩《けんか》ってたのしい？』

『別《べつ》に……』

全然《ぜんぜん》、たのしくないに決《き》まってるだろ。

『だよな。だって負《ま》けてるし』

殴《なぐ》ったり殴《なぐ》られたりするのは、痛《いた》いだけだ。友達《ともだち》もできない。

『体《からだ》が小《ちい》さいと勝《か》てないよなー』

『おまえ、喧嘩《けんか》売《う》って……』

『おれと同《おな》じだな』

そう言《い》って、リヒトはにっと笑《わら》った。昔《むかし》のリヒトは、オレと変《か》わらないくらいの背丈《せたけ》だった。

『じゃあ喧嘩《けんか》の代《か》わりにダンスしようぜ！　ダンスバトル！』

『は？　おまえ、バカか⁇』

『あ、わかった。ライジ、口悪《くちわる》いから喧嘩《けんか》になるんだよ。バカって言《い》うの禁止《きんし》な』

喧嘩《けんか》になる理由《りゆう》は、正解《せいかい》だった。オレは喋《しゃべ》るのが下手《へた》だ。だからおとなしく、聞《き》くことにする。

『……なんでダンスバトルが喧嘩《けんか》の代《か》わりになるんだよ』

『父《とう》さんが言《い》ってたんだ。昔《むかし》のアメリカじゃ、喧嘩《けんか》を解決《かいけつ》するために武器《ぶき》や暴力《ぼうりょく》じゃなくてダンスで戦《たたか》ってたんだって。カッコよくない？　バトルなのにラブアンドピースって感《かん》じじゃん！』

そうやって、強引《ごういん》に誘《さそ》われたオレは、リヒトとダンスをすることになったんだ。

実際《じっさい》、ダンスバトルをやってみると面白《おもしろ》くて、オレは夢中《むちゅう》になった。

ブレイキンでは、小《ちい》さな体《からだ》でも勝《か》てる。いやむしろ、すばやく動《うご》ける小《ちい》さな体《からだ》は、オレの強《つよ》みになった。

それに、ダンスバトルは勝《か》っても負《ま》けても、喧嘩《けんか》と違《ちが》って、相手《あいて》と仲《なか》が悪《わる》くなったりもしない。

言葉《ことば》のいらないダンスの世界《せかい》は、口《くち》が悪《わる》いせいですぐに喧嘩《けんか》を始《はじ》めてしまうオレを、黙《だま》って受《う》け入《い》れてくれた。

それがうれしくて、いろんな人《ひと》にすぐダンスバトルを申《もう》し込《こ》むようになった。

『あーもう、ライジはホントに喧嘩《けんか》っ早《ぱや》いなぁ！』

と、リヒトは文句《もんく》を言《い》っていたが。本当《ほんとう》にバトルをたのしんでいたのは、リヒトの方《ほう》だと思《おも》う。

オレは、ダンスでは冷静《れいせい》に技術《ぎじゅつ》を磨《みが》いていきたいタイプで、できると確信《かくしん》した技《わざ》しかやらないのに。本番《ほんばん》で、無茶《むちゃ》な大技《おおわざ》ばかりくり出《だ》すのはいつも、リヒトの方《ほう》だったのだから。

真面目《まじめ》なように見《み》えて、全然《ぜんぜん》おとなしくないリヒトは、面白《おもしろ》いやつだった。

二人《ふたり》ならいつまでも、たのしめると思《おも》っていた。

（そう思《おも》っていたんだ。なのに……）

リヒトは二年前《にねんまえ》、ダンスをやめた。

（逃《に》げたんだ、あいつは！）

楽器《がっき》はクライマックスにむけて、より早《はや》く激《はげ》しく、暴風雨《ぼうふうう》のように打《う》ち鳴《な》らされる。

体《からだ》を完璧《かんぺき》に技術《ぎじゅつ》でコントロールしたまま、頭《あたま》を過去《かこ》の怒《いか》りで埋《う》め尽《つ》くす。

——雷《かみなり》は、神《かみ》の怒《いか》りの象徴《しょうちょう》。

今《いま》は、オレが、オレ自身《じしん》が、雷神《らいじん》だ。

雷《かみなり》を落《お》とすように、リヒトに怒《いか》りを、ステージに大技《おおわざ》をぶつける。

声《こえ》なきまま、体《からだ》で叫《さけ》ぶ。

『どうして逃《に》げた！』

くり出《だ》す技《わざ》は、エアートラックス。ブレイキンで最《もっと》も難《むずか》しい技《わざ》のひとつ。

逆《さか》さまに立《た》ち、片手《かたて》を入《い》れ替《か》え続《つづ》けながら、ウィンドミルのように大《おお》きく回《まわ》るその技《わざ》で、重力《じゅうりょく》を感《かん》じさせないように軽々《かるがる》と舞《ま》う。

それは、雲《くも》の中《なか》を縦横無尽《じゅうおうむじん》に走《はし》る雷光《らいこう》のごとく。

そのまま地面《じめん》に両手《りょうて》を重《かさ》ね合《あ》わせ――2000《ツーサウザンド》。エアートラックスで足《あし》を回《まわ》したまま、体《からだ》を真《ま》っ逆《さか》さまに立《た》たせる。稲妻《いなずま》が地面《じめん》を貫《つらぬ》くように、高速《こうそく》の回転《スピン》。

渾身《こんしん》の稲妻《いなずま》は、客席《きゃくせき》でひとりステージを見《み》ていたリヒトを、貫《つらぬ》いた。


***

ライジンのダンスが終《お》わった後《あと》、客席《きゃくせき》はシン……と静《しず》まり返《かえ》っていた。

みんな、ライジたちのダンスに圧倒《あっとう》されていたんだ。

遅《おく》れて大《おお》きな拍手《はくしゅ》と歓声《かんせい》が上《あ》がる。

(わたしも、拍手《はくしゅ》をしたいけど……)

いつまでも、ダンスの余韻《よいん》にひたっていられない。出番《でばん》の準備《じゅんび》をしなくちゃ。

上着《うわぎ》を脱《ぬ》いで、衣装《いしょう》を整《ととの》えていると、リヒトが戻《もど》ってきた。

「おかえり。ぎりぎり、だね」

「どこに行《い》ってたの?」

「ごめん。自分勝手《じぶんかって》なのはわかってたけど、どうしても、正面《しょうめん》からライジたちのダンスを見《み》たかったんだ」

そっか。ステージ裏《うら》からでもすごさは伝《つた》わったけど、やっぱり、はっきり見《み》えないもんね。

「元《もと》チームメイトのダンスなら、気《き》になってもしかたないわね」

「どう、だった? ライジのダンス……」

「ん……」

リヒトは、へらっと笑《わら》った。

「あいつ、多分《たぶん》、怒《おこ》ってた」

笑《わら》っているのに、リヒトの顔《かお》はとても、暗《くら》かった。

「チームをやめたおれのこと、やっぱり今《いま》でも許《ゆる》してないんだろうな。……仲直《なかなお》り、できそうにないや」

わたしは、勇気《ゆうき》を出《だ》してリヒトの手《て》を握《にぎ》った。

「ヤコ?」

さっきまで冷《ひ》えてたわたしの手《て》よりも冷《つめ》たかったから、少《すこ》しでも温《あたた》かくなるように、ぎゅっと強《つよ》く握《にぎ》る。

「仲直《なかなお》り、しに行《い》こう!」

「……どうやって」

「リヒトの気持《きも》ちを、伝《つた》えるんだよ。ダンスで」

前《まえ》にリヒトは、言《い》っていた。『ライジと仲直《なかなお》りする言葉《ことば》が見《み》つからない』って。

でも、わたしたちにとっては、ダンスだって言葉《ことば》だ。

すごいダンスは、言葉《ことば》よりも、心《こころ》を動《うご》かせる。言葉《ことば》よりも、心《こころ》を、伝《つた》えられるかもしれない。

「できないことじゃ、ないと思《おも》う。だって、リヒトはライジの気持《きも》ちが、ダンスでわかったんでしょ？　伝《つた》わったなら、きっとわたしたちも、伝《つた》えられるよ」

ヒオも、加勢《かせい》する。

「そうよ！　仲直《なかなお》りはともかく……少《すく》なくとも、あんたたちには負《ま》けないって気持《きも》ちは、ライジたちにぶつけて、わからせてやらなくちゃ。あたしたちのダンスで！」

リヒトは、目《め》を丸《まる》くして。ようやく、明《あか》るい顔《かお》をした。

「……そうだな　うん！　ありがとう、ヤコ。それからヒオも。仲直《なかなお》りも勝利《しょうり》も……おれたちならできるって、今《いま》は、そう信《しん》じるよ」


わたしたちの出番《でばん》は、もうすぐだ。

舞台袖《ぶたいそで》に立《た》って、わたしはすうはあ、と深呼吸《しんこきゅう》をする。

心臓《しんぞう》が素早《すばや》くリズムを刻《きざ》んでいるけど、ようやくここに戻《もど》ってきたって感《かん》じがする。

眩《まぶ》しいステージにひるまないように、ぎゅっと目《め》をつぶった。

「ヤコ？」

「……大丈夫《だいじょうぶ》」

心配《しんぱい》するリヒトの声《こえ》に、わたしは落《お》ち着《つ》いて答《こた》える。

緊張《きんちょう》を克服《こくふく》するためにダンスバトルで特訓《とっくん》したし、本番《ほんばん》で緊張《きんちょう》しないための方法《ほうほう》も、見《み》つけたから。

方法《ほうほう》は、三《みっ》つある。一《ひと》つ目《め》は、顔《かお》を隠《かく》せるものを用意《ようい》すること。

人前《ひとまえ》で踊《おど》る練習《れんしゅう》をしてわかったけど、わたしは、顔《かお》を隠《かく》していれば緊張《きんちょう》しないで踊《おど》れたんだ。

人《ひと》に見《み》られてるって意識《いしき》が減《へ》るのと、動画撮影《どうがさつえい》で使《つか》うからいつも通《どお》りの安心感《あんしんかん》があるんだと思《おも》う。

だから、今回《こんかい》の衣装《いしょう》はお面付《めんつ》き。和風《わふう》の、着物《きもの》をモチーフにした、動《うご》きやすいデザインの衣装《いしょう》。ユカ姉《ねえ》はわたし用《よう》に、頭《あたま》に被《かぶ》るお面《めん》を用意《ようい》してくれた。

落《お》ちないようにピンで留《と》めたけど、いざとなれば頭《あたま》からずらして、顔《かお》を隠《かく》すことができる。

でも、お面《めん》はあくまでお守《まも》り。実際《じっさい》には使《つか》いたくない。今日《きょう》は、顔《かお》を見《み》せてダンスをしたい理由《りゆう》があるから。

頼《たよ》るのは、二《ふた》つ目《め》と三《みっ》つ目《め》……アマネに教《おそ》わった、緊張《きんちょう》を克服《こくふく》する方法《ほうほう》だ。

マインドを作《つく》るおまじないと、なんのために踊《おど》るのか、理由《りゆう》を見《み》つけること。

理由《りゆう》はもう、見《み》つけた。

(ううん、最初《さいしょ》から、わたしには、ちゃんと理由《りゆう》があったんだ)

思《おも》い返《かえ》してみたんだ。ダンスを始《はじ》めてから、リヒトに出会《であ》うまでのこと。

ティックトッカーＹ《ヤ》Ａ Ｋ《コ》Ｏが、ひとりで踊《おど》り続《つづ》けていた理由《りゆう》は、動画投稿《どうがとうこう》を始《はじ》めた理由《りゆう》は、なにかって。

踊《おど》るのがたのしいだけなら、ひとりで踊《おど》っていればよかった。

でも、足《た》りなかった。人目《ひとめ》が怖《こわ》いくせに、みんなにダンスを見《み》てもらいたかった。

わたしは、自分《じぶん》がたのしむだけじゃなくて、みんなにたのしんでほしくて、踊《おど》ってたんだ。

(それが、わたしの踊《おど》る理由《りゆう》)

リヒトに出会《であ》って、自分《じぶん》の好《す》きなように自由《じゆう》に踊《おど》るたのしさを知《し》ったけど。みんなにたのしんでほしいって気持《きも》ちは変《か》わらない。

動画《どうが》へのコメントや『いいね』が、わたしのダンスでみんながよろんでくれた証拠《しょうこ》が、うれしかったこと……忘《わす》れてない。

お客《きゃく》さんは、ただの怖《こわ》い『人目《ひとめ》』じゃない。わたしにとって大事《だいじ》な、『たのしませたいみんな』だったんだ。

(だから、目《め》の前《まえ》で踊《おど》ること……怖《こわ》くても、もう迷《まよ》わない)

客席《きゃくせき》の中《なか》に、ユカ姉《ねえ》を見《み》つけた。ユカ姉《ねえ》は、フリルがたくさんのロリータファッションだから、見《み》つけやすかった。

『ヤコちゃーん！　がんばれ〜！』

口《くち》の動《うご》きが、そう言《い》ってるように見《み》えた。

ずっと応援《おうえん》してくれた、大好《だいす》きないとこのお姉《ねえ》ちゃん。

お礼《れい》に今日《きょう》は、たのしませるね。

さあ、迷《まよ》いはなくなった。あとは、自分《じぶん》に魔法《まほう》をかけるだけ。

本番前《ほんばんまえ》のおまじないに、アマネは自分《じぶん》のこと『最高《さいこう》のアイドル』だって言《い》い聞《き》かせてるって言《い》ってた。それを、真似《まね》する。

……わたしは、心《こころ》も弱《よわ》いし、まだまだ技術《ぎじゅつ》も足《た》りないし、全然《ぜんぜん》『最高《さいこう》』なんかじゃない。

それでも。

（わたしは、ダンサー!!　ダンスで、みんなをたのしませるんだ……！）
目《め》を開《ひら》く。目《め》の前《まえ》にはリヒトとヒオ。二人《ふたり》が、わたしの準備《じゅんび》ができるのを、待《ま》って
くれていた。
たのしませたいみんなの中《なか》には、見《み》てくれる人《ひと》たちだけじゃなくて、仲間《なかま》もいる。
ヒオは『一番《いちばん》になること』が、リヒトは『勝《か》つこと』が好《す》き。将来《しょうらい》プロのダンサー
になりたいんだって、二人《ふたり》は言《い》う。
わたしには、将来《しょうらい》とか遠《とお》すぎてわからない。だから、一番近《いちばんちか》い未来《みらい》のことを目標《もくひょう》に
することにした。
それは、この準決勝《じゅんけっしょう》で勝《か》つこと。
わたしには勝《か》ちたいって気持《きも》ちはよくわからなくても。二人《ふたり》の好《す》きなことを、叶《かな》え
たいから。勝《か》って決勝《けっしょう》に行《い》って、最後《さいご》まで踊《おど》りたいから。
それが今《いま》のわたしに思《おも》いつく、一番《いちばん》たのしいことだから。
ステージが終《お》わって、ライジンのメンバーたちが舞台袖《ぶたいそで》に戻《もど》ってくる。
ライジとすれ違《ちが》う。初《はじ》めて会《あ》った時《とき》と同《おな》じ怖《こわ》い顔《かお》をしていて、無言《むごん》だったけど。
（たのしませたいみんなの中《なか》には、あなたも、入《はい》ってるよ）

『対《たい》するは――「YORUMACHI《ヨルマチ》」！』

ステージから、わたしたちを呼《よ》ぶ声《こえ》がする。

リヒトとヒオと、目《め》を合《あ》わせてうなずいた。

言葉《ことば》はなくたって、気持《きも》ちはひとつだ。

(行《い》こう！)

わたしたちは、ステージに飛《と》び出《だ》す。

緊張《きんちょう》は、まだしている。でも、大丈夫《だいじょうぶ》。体《からだ》は、思《おも》うように動《うご》くから。


ステージを、月明《つきあ》かりのように静《しず》かな光《ひかり》が照《て》らしている。

音楽《おんがく》の始《はじ》まりは、しゃらんと鳴《な》る鈴《すず》の音《おと》。

柔《やわ》らかな歌声《うたごえ》のメロディには、童謡《どうよう》のような懐《なつ》かしい響《ひび》きと、和《わ》の雰囲気《ふんいき》がある。

わたしたちのダンス作品《さくひん》のテーマは、『祭《まつ》り』だ。

でも始《はじ》まり方《かた》は、賑《にぎ》やかなイメージでも、わいわいと騒《さわ》ぐ感《かん》じでもない。

たのしそうなお祭《まつ》りを遠《とお》く家《いえ》の中《なか》から見《み》ていて、その光《ひかり》に憧《あこが》れている……そんな、静《しず》かな雰囲気《ふんいき》で始《はじ》まるストーリー。

そのストーリーを表現《ひょうげん》するのは、わたしのタットダンスだ。

ステージの真《ま》ん中《なか》に立《た》つ。指先《ゆびさき》、ひじ、腕《うで》の全部《ぜんぶ》を使《つか》って、動《うご》きで景色《けしき》を絵《え》のように描《えが》き出《だ》す。歌詞《かし》に合《あ》わせて、ジェスチャーのように、パントマイムのように、影絵《かげえ》の手遊《てあそ》びのように。

手《て》を使《つか》って踊《おど》るタットダンスは、動画《どうが》とは相性《あいしょう》がいい。動画《どうが》なら、指先《ゆびさき》の細《こま》かい動《うご》きをはっきりと見《み》せられるから。ステージだと、遠《とお》くの席《せき》からは、細《こま》かい動《うご》きは見《み》づらくなってしまう。

だから、全身《ぜんしん》を使《つか》って踊《おど》る。リズムに合《あ》わせて、アイソレーション。肩《かた》や胸《むね》、体《からだ》のパーツを、タットと同時《どうじ》に小刻《こきざ》みに動《どう》して、視線《しせん》を上半身《じょうはんしん》に集《あつ》める。全身《ぜんしん》の動《うご》きで、指先《ゆびさき》の踊《おど》りを際立《きわだ》たせる。

そうやって、視線《しせん》を集《あつ》めて……。

柔《やわ》らかな歌声《うたごえ》の裏《うら》で、ドラムの音《おと》が、祭囃子《まつりばやし》のように打《う》ち鳴《な》らされた。

弾《はじ》けるその音《おと》に合《あ》わせて、高速《こうそく》のタットで、宙《ちゅう》に絵《え》を描《えが》く。

指先《ゆびさき》に、光《ひかり》が瞬《またた》いて、消《き》えてはまた光《ひか》る……そんなふうな、イメージで。

わあ、と小《ちい》さな歓声《かんせい》が聞《き》こえた。口元《くちもと》がゆるむ。

（うれしい……）

わたしにとって、お祭《まつ》りは、賑《にぎ》やかすぎてちょっと怖《こわ》いものだ。みんなとわいわい騒《さわ》ぐことは、人見知《ひとみし》りのわたしには難《むずか》しいから。

でも好《す》き。たのしげで、見《み》ているだけで、わくわくするから。

だから、一緒《いっしょ》に踊《おど》らなくても、見《み》ているだけでたのしくなる、そんなダンスがしたかったんだ。

（もっとたのしませるから……！）

歌声《うたごえ》が、高《たか》らかに響《ひび》く。音楽《おんがく》に合《あ》わせてステージの照明《しょうめい》も、どんどん眩《まぶ》しく光《ひか》っていく。

曲《きょく》が、盛《も》り上《あ》がっていく。

お祭《まつ》りは、見《み》ているだけでもたのしいけど。今日《きょう》は、勇気《ゆうき》を出《だ》して飛《と》び込《こ》んでみよう。もっとたのしい世界《せかい》が、待《ま》っているかもしれないから！

そんな気持《きも》ちに、変《か》わるみたいに。

わたしのダンスも変《か》えて、盛《も》り上《あ》げる。

視線《しせん》はタットで上半身《じょうはんしん》に集《あつ》めたまま。だからきっと、想像《そうぞう》もしてないだろう。次《つぎ》は足技《あしわざ》がくるなんて。

不意打《ふいう》ちのジャンプターン。大《おお》きく手《て》と足《あし》を広《ひろ》げ、跳《と》んで回《まわ》る！

エアプレーンと呼《よ》ばれる、華《はな》やかなジャンプで、驚《おどろ》かせる。

一周《いっしゅう》、回《まわ》り終《お》えたわたしは、初《はじ》めて客席《きゃくせき》を見《み》た。

たくさんの目《め》が、わたしの方《ほう》を向《む》いていた。じっと、まばたきもしないで。

（……大丈夫《だいじょうぶ》。怖《こわ》がる必要《ひつよう》ない）

わたしは、とびっきりいい笑顔《えがお》を作《つく》ってみせた。

大好《だいす》きなアイドルたちから学《まな》んだんだ。表情管理《ひょうじょうかんり》も、ダンスの大事《だいじ》なスキルだって。

見《み》せる表情《ひょうじょう》は、ダンスの振《ふ》り付《つ》けの一部《いちぶ》だ。みんなは、わたしの顔《かお》を見《み》てるんじゃなくて、わたしの表情《ダンス》を見《み》てくれているんだって、思《おも》い込《こ》む。

だから、動《うご》けなくなる理由《りゆう》なんて、ない。

わたしはそのまま、踊《おど》り続《つづ》けた。

息《いき》があがる。頭《あたま》がだんだん真《ま》っ白《しろ》になる。音《おと》が、頭《あたま》の中《なか》で大《おお》きく響《ひび》いて、音《おと》を追《お》いかけて遊《あそ》ぶみたいに、体《からだ》が動《うご》く。

（ああ、たのしい……っ）

この気持《きも》ちを、伝《つた》えたいと思《おも》った。同《おな》じ気持《きも》ちになってほしい。話《はな》せなくても心《こころ》が伝《つた》わったら、同《おな》じ気持《きも》ちになれたら、友達《ともだち》になれた気《き》がするから。

わたしは、人見知《ひとみし》りだけど人《ひと》が好《す》きだから、見《み》てほしくなっちゃう。わたしのダンスを。わかってほしいと思《おも》ってしまう。わたしの好《す》きなもののことを。

歌声《うたごえ》はぱっと花《はな》が散《ち》るように消《き》えて、わたしがメインのダンスパートは終《お》わる。

キメのポーズ。ステージから客席《きゃくせき》に向《む》けて、誘《さそ》うように手《て》を伸《の》ばした。

見《み》ているみんなに、問《と》いかける。

（あなたはたのしい？　わたしはね、今《いま》、すっごくたのしいよ！）

伝《つた》わるといいなぁ！

あたしはヤコのダンスを、後《うし》ろで踊《おど》りながら見《み》ていた。

（やっぱり……踊《おど》ってる時《とき》のヤコは、キラキラしてる）

あたしには見《み》える。その輝《かがや》きは、星《ほし》よりも眩《まぶ》しい、夜《よる》の街《まち》のカラフルなネオンみたいに。チカチカと点滅《てんめつ》して、こっちへおいでと誘《さそ》う、たのしそうな光《ひかり》だ。

その光《ひかり》を活《い》かす方法《ほうほう》を、ヤコをもっと輝《かがや》かせるダンスを考《かんが》えて作品作《さくひんづく》りをするのは、とてもたのしかった。

今《いま》、ステージの真《ま》ん中《なか》で、ヤコは怖《こわ》がらずに顔《かお》を上《あ》げている。とびきりの笑顔《えがお》で。

(ほんっと、たのしそうに踊《おど》るんだから……)

前《まえ》までは、遊《あそ》ぶみたいに踊《おど》る子《こ》が嫌《きら》いだった。

でも今《いま》は、遊《あそ》ぶみたいに踊《おど》るヤコが好《す》きだ。

『遊《あそ》びでも真剣《しんけん》だから!』

ヤコがあたしにそう言《い》った時《とき》、『そんなわけある?』って、あたしは半信半疑《はんしんはんぎ》だった。

遊《あそ》ぶのは子《こ》どもだけ。子《こ》どもっぽいことは嫌《きら》い。そう、思《おも》ってた。

でも。アマネのMV《エムブイ》撮影《さつえい》に参加《さんか》して、気《き》づいた。あの場所《ばしょ》にはカメラマンや、振《ふ》り付《つ》け師《し》や、アイドル……いろんな大人《おとな》たちがいて、全員《ぜんいん》なにかのプロで、みんな目《め》がキラキラしていた。ヤコと同《おな》じ、遊《あそ》ぶみたいな目《め》だった。

その時《とき》に、気《き》づいたの。

あたしが目指《めざ》していた『ダンスの世界《せかい》でプロになる』って、もしかして、『一生《いっしょう》ダン

ス で遊《あそ》ぶ』って意味《いみ》だったのかもしれない、って。

ヤコはプロとかわからないって言《い》うけど。でもずっと、ダンスで遊《あそ》び続《つづ》けるんだろうなって、見《み》ていて思《おも》う。それできっと、気《き》づいたらプロになっちゃったりするんだ。

じゃあ、あたしとヤコは、同《おな》じものを目指《めざ》してるのと一緒《いっしょ》だ。ずっと一緒《いっしょ》に踊《おど》れるかもしれないってことだ。

（それってステキ！）

曲《きょく》の歌唱《かしょう》パートは終《お》わり、ピアノの間奏《かんそう》パートが始《はじ》まる。

クラシックじゃなくても、ゆったりと落《お》ち着《つ》いたピアノのメロディは、あたしにとって耳馴染《みみなじ》みのある、得意《とくい》な音《おと》。

タイミングを合《あ》わせて、爪先《つまさき》を伸《の》ばしたピルエット《ターン》で前《まえ》へ、躍《おど》り出《で》る。

ヤコに続《つづ》いて、大技《おおわざ》を。両手《りょうて》を広《ひろ》げたエアプレーンジャンプを、花《はな》が開《ひら》くように優雅《ゆうが》に決《き》める。

同《おな》じ技《わざ》でも、ストリートダンスのかっこいい雰囲気《ふんいき》がにじんだ、ヤコのエアプレーンジャンプとは違《ちが》う。

あたしのジャンプは、バレエの要素《ようそ》を取《と》り入《い》れたジャズダンスのスタイル。より柔《やわ》らかく繊細《せんさい》で、よりあたしらしい技《わざ》になっている。

(同《おな》じ技《わざ》で、違《ちが》うものにするのって、ステキだわ)

踊《おど》りながら、ヤコと並《なら》ぶ。目《め》を合《あ》わせて、息《いき》を合《あ》わせる。

(でも次《つぎ》は、同《おな》じ技《わざ》を、同《おな》じように重《かさ》ねて見《み》せるのも、ステキよね!)

次《つぎ》の技《わざ》は、ヤコと同時《どうじ》に、同《おな》じ技《わざ》を。

あたしとヤコが揃《そろ》って新《あたら》しく覚《おぼ》えた技《わざ》は、腕《うで》を高速《こうそく》でしならせて踊《おど》るワック。あたしの体《からだ》の柔《やわ》らかさや、ヤコの得意《とくい》な手《て》の動《うご》きが活《い》きるダンス。

なめらかなピアノの音《おと》に合《あ》わせて、あたしたちの腕《うで》は、それぞれ美《うつく》しい弧《こ》を描《えが》く。

蛇《へび》や鞭《むち》、あるいは、新体操《しんたいそう》のリボンみたいに。手《て》と手《て》を、リズムに合《あ》わせる。

絡《から》まりそう。でも絡《から》まらない。

繋《つな》いでない。でも繋《つな》いでるみたい。

ヤコとのペアダンスは、まるで遊《あそ》んでいるみたいにも見《み》えるだろう。

くす……と、思《おも》わず、笑《え》みがこぼれた。

あたしは、ダンスで一番《いちばん》になるのが好《す》き。うまくなるのが好《す》き。作品作《さくひんづく》りも、好《す》きになった。踊《おど》ることそれ自体《じたい》は、まあまあ。

だけどこんな間近《まぢか》で、たのしそうに踊《おど》るヤコを見《み》ていたら。一緒《いっしょ》に、踊《おど》っていたら。ヤコの気持《きも》ちが伝《つた》わってきちゃう。

(あたしまで、たのしくなっちゃうじゃない!)

そして、ピアノパートは終《お》わり、さっきまで歌唱《かしょう》パートの裏《うら》で聞《き》こえていた四《よ》つ打《う》ちのドラムと、テクノポップ調《ちょう》の電子音《でんしおん》が聞《き》こえてくる。

曲《きょく》は明《あか》るく転調《てんちょう》して、テンポがどんどん速《はや》くなっていく。

名残惜《なごりお》しいけど、ヤコと合《あ》わせて踊《おど》る時間《じかん》は終《お》わりだ。

ヤコと入《い》れ替《か》わるように、リヒトが前《まえ》へとやってくる。

フロアムーブ。リヒトは颯爽《さっそう》とハウスダンスの、得意技《とくいわざ》をくり出《だ》す。

姿勢《しせい》を低《ひく》く、床《ゆか》を滑《すべ》るようになめらかに、回《まわ》る。流《なが》れる水《みず》のようにきれいで、流麗《りゅうれい》、なんてかっこいい言葉《ことば》が似合《にあ》いそうな動《うご》き。

動《うご》きがきれいだからこそ、リヒトの、大《おお》きくて長《なが》い手足《てあし》の迫力《はくりょく》が、骨張《ほねば》った体《からだ》が作《つく》る軌道《きどう》が、映《は》えていた。

あたしは、バレエから派生《はせい》したコンテンポラリーダンスのフロアムーブで、リヒトに合《あ》わせる。

小柄《こがら》で柔《やわ》らかいあたしの体《からだ》は、大《おお》きくて角張《かくば》ったリヒトの体《からだ》とは真逆《まぎゃく》で、だからこそお互《たが》いのダンスを引《ひ》き立《た》たせることができた。

リヒトと一緒《いっしょ》に踊《おど》って、気《き》づく。

本番前《ほんばんまえ》に暗《くら》い顔《かお》をしていたリヒトは、ずいぶんと明《あか》るい顔《かお》になっていた。

(ねえリヒト。あなたが、ヤコを誘《さそ》ったって聞《き》いたけど……)

あたしは思《おも》う。本当《ほんとう》は、逆《ぎゃく》じゃないの？　って。

たしかに、言葉《ことば》でヤコを誘《さそ》ったのはリヒトだろうけど。

リヒトが、ヤコのダンスに、その光《ひかり》に、釣《つ》られたんじゃないの？　って思《おも》うんだ。

街灯《がいとう》に惹《ひ》かれて近《ちか》づく、蛾《が》みたいに、ね。

(だってあたしが、そうだもの)

これまでヨルマチとして、一緒《いっしょ》に踊《おど》ってたくさん話《はな》して、わかったことがある。

それは、あたしとリヒトは、多分《たぶん》、同《おな》じ人間《にんげん》だってこと。

もちろん、勉強《べんきょう》が得意《とくい》とか真面目《まじめ》とか大人《おとな》っぽいとか、そういうところが同《おな》じって話《はなし》じゃない。

同《おな》じなのは、リヒトもあたしも一度《いちど》何《なに》かを諦《あきら》めた人間《にんげん》だってこと。

……あたしはバレエを。リヒトはブレイキンを。

(多分《たぶん》、リヒト……ダンス自体《じたい》も、やめようとしたことあるんじゃないかな)

だって。ブレイキンをやめるとしても、別《べつ》のジャンルを始《はじ》めればいい話《はなし》だ。ダンスチームをやめる必要《ひつよう》は、ないもの。

一度《いちど》やめたことを始《はじ》めることは、とても勇気《ゆうき》がいることだとあたしは思《おも》う。

それでも、リヒトがもう一度《いちど》ダンスチームを組《く》みたくなったのは……あたしと同《おな》じで、たのしそうに踊《おど》るヤコを、好《す》きになったから……。

(ヤコと一緒《いっしょ》に踊《おど》りたくなったから。じゃないの?)

リヒトに視線《しせん》を合《あ》わせて、心《こころ》の中《なか》で問《と》いかける。

返事《へんじ》は当然《とうぜん》、返《かえ》ってこないけど。別《べつ》にいいわ。

(仲間《なかま》ならいつか、知《し》れることだもの)


おれ、浅間《アサマ》理人《リヒト》は、ヤコやヒオが褒《ほ》めてくれるみたいに、そんなにかしこくもなければ優《やさ》しくもない。自分勝手《じぶんかって》な、ただのダンスバカだ。

昔《むかし》は特《とく》に、後先考《あとさきかんが》えないで無茶《むちゃ》をする性格《せいかく》だった。

ライジは、口《くち》が悪《わる》くて喧嘩《けんか》っ早《ぱや》いくせして、ダンスでは意外《いがい》と冷静《れいせい》なやつで、無茶《むちゃ》な技《わざ》をやりたがるおれに、いつも合《あ》わせて踊《おど》ってくれていた。

最高《さいこう》のチームメイトで、ライバルだった。

でも二年前《にねんまえ》。無茶《むちゃ》をしていたら、練習中《れんしゅうちゅう》に大《おお》きな怪我《けが》をした。怪我自体《けがじたい》は、けっこう時間《じかん》がかかったけど、完全《かんぜん》に治《なお》ったから、よかったんだけど。

問題《もんだい》が、二《ふた》つできてしまった。

ひとつは、怪我《けが》を治《なお》している間《あいだ》に、急《きゅう》に成長期《せいちょうき》が来《き》て、身長《しんちょう》がものすごく伸《の》び始《はじ》めてしまったことだ。

完全《かんぜん》に治《なお》った時《とき》には、怪我《けが》のブランクがある上《うえ》に、体《からだ》の大《おお》きさと感覚《かんかく》が変《か》わりすぎていて、前《まえ》とまったく同《おな》じようには踊《おど》れなくなっていた。

もうひとつは、得意《とくい》だったアクロバティックな技《わざ》が思《おも》うようにできなくなったことだ。また怪我《けが》をするんじゃないかと、怖《こわ》くなる。

特《とく》に、高《たか》く跳《と》んで落《お》ちることが、怖《こわ》くてしかたがない。

だから、おれは逃《に》げた。ダンスから、チームから、ライジから。

ブレイキンやアクロバットからは離《はな》れたけど、ダンスを完全《かんぜん》にやめることはできなかった。

代《か》わりに、ひとりでこっそり、先生《せんせい》や先輩《せんぱい》から違《ちが》うジャンルを教《おそ》わることにした。

ヒップホップは元々《もともと》音楽《おんがく》が好《す》きだったからたのしかったし、ハウスの素早《すばや》い足《あし》さばきや派手《はで》なフロアムーブは性《しょう》に合《あ》った。

でも。後悔《こうかい》はずっと残《のこ》っていた。

（あの時《とき》、おれが無茶《むちゃ》をしなかったら……）

怪我《けが》のトラウマで跳《と》べなくなることもなかったし、身長《しんちょう》が伸《の》びたって、ブランクがなければ変《か》わらずに踊《おど》れたはずだし、ライジと喧嘩《けんか》別《わか》れすることも、なかったんだ。

だから、性格《せいかく》を変《か》えようとした。

もう、アツくなりすぎないように、バカな無茶《むちゃ》はしないように。知識《ちしき》をつけて、冷《れい》静《せい》に踊《おど》れるように、かしこくなろうと思《おも》ったんだ。

……ストリートでひとり、新《あたら》しいジャンルを練習《れんしゅう》するたびに、頭《あたま》の中《なか》からライジの声《こえ》が聞《き》こえた。

『どうして逃《に》げた』

責《せ》める声《こえ》だ。

(わかってる。これは逃《に》げだ。でも、新《あたら》しい武器《ぶき》を見《み》つけることは、間違《まちが》いじゃないはずだ)

そう、自分《じぶん》に言《い》い聞《き》かせて、迷《まよ》いながらひとりで踊《おど》り続《つづ》けていたんだ。

ヤコに出会《であ》うまで。

ヤコは、女子《じょし》の中《なか》ではすらりと背《せ》が高《たか》いのに、小動物《しょうどうぶつ》みたいに怖《こわ》がりで。でも大胆《だいたん》に、眩《まぶ》しいほどたのしげに、踊《おど》る女《おんな》の子《こ》。

夜《よる》の中《なか》で、ヤコのダンスは、真《ま》っ暗《くら》な道《みち》を照《て》らす灯《あか》りのように、優《やさ》しく光《ひか》っていた。

そんなヤコと、一緒《いっしょ》に踊《おど》れただけでおれは充分《じゅうぶん》、うれしかったのに。

ヤコは、褒《ほ》めてくれたんだ。きらきらした目《め》で、今《いま》のおれのダンスを。

『かっこよかった!』

って。

『あ、ははは!』

思《おも》わず笑《わら》ってしまうほど、うれしかった。目《め》を擦《こす》ったのは、目《め》から熱《あつ》いものが流《なが》れてしまわないようにだった。

背《せ》が高《たか》いことを、褒《ほ》められるのは苦手《にがて》なはずだった。おれは、身長《しんちょう》が伸《の》びる前《まえ》の小《ちい》さな体《からだ》が好《す》きだったから。

軽《かる》くて、小回《こまわ》りがきいて、自由自在《じゆうじざい》に動《うご》ける体《からだ》は、ライジと張《は》り合《あ》って踊《おど》るのにちょうどよかった。でもそれはもう、ない。

今《いま》の長《なが》すぎる手足《てあし》が、初《はじ》めは、踊《おど》るには邪魔《じゃま》な気《き》がしてしかたなかったけど。

ようやく、好《す》きになれる気《き》がしたんだ。

ヤコのおかげで。

そして今《いま》。

おれは、ステージの上《うえ》で踊《おど》る。

アップテンポの音楽《おんがく》に、高《たか》らかな歌声《うたごえ》に、足早《あしばや》なリズムに合《あ》わせて。

ヤコと背中合《せなかあ》わせで、流《なが》れるように素早《すばや》く、同《おな》じステップを踏《ふ》んだ。

たとえ姿《すがた》は見《み》えなくても、息《いき》づかいは感《かん》じることができる。呼吸《こきゅう》を、合《あ》わせられる。

曲調《きょくちょう》は、どんどん華《はな》やかに、クライマックスへと近《ちか》づいていく。

ヤコはステージの後方《こうほう》へ、おれは前《まえ》へと行《い》かなくちゃいけない。

振《ふ》り向《む》きざまに、ヤコと目《め》が合《あ》った。ヤコは目《め》だけで、優《やさ》しく微笑《ほほえ》む。

『いってらっしゃい』

そう、背中《せなか》を押《お》された気《き》がした。

(ありがとう)

前《まえ》へ、飛《と》び出《だ》す。

(きみのおかげで、好《す》きになれたから……)

もう一度《いちど》、今《いま》の体《からだ》で、昔《むかし》の得意技《とくいわざ》を、やってみようと思《おも》えたんだ。勇気《ゆうき》を出《だ》して。

昔《むかし》の得意技《とくいわざ》は、完全《かんぜん》にできなくなったわけじゃなかった。

たとえ体《からだ》が変《か》わったって、スキルは消《き》えない。一度《いちど》できた技《わざ》の記憶《きおく》は、体《からだ》に刻《きざ》まれたままだ。

感覚《かんかく》が変《か》わってしまったなら、覚《おぼ》えなおせばいい。ブランクがあるなら、練習《れんしゅう》で埋《う》めればいい。

もう一度《いちど》できるようになるために、必要《ひつよう》なのは時間《じかん》と心《こころ》の準備《じゅんび》だけ。それはもう、できている。

手《て》を地面《じめん》についた。足《あし》を跳《は》ね上《あ》げ、逆《さか》さまに。空《そら》まで一直線《いっちょくせん》に伸《の》ばした体《からだ》を、回《まわ》す。

1990《ナインティ》。ライジの2000《ツーサウザンド》によく似《に》た派手《はで》な大技《おおわざ》で、かつてのライバルに応《こた》える。

逆《さか》さまの体《からだ》は、ライジの2000《ツーサウザンド》よりも速《はや》く長《なが》く回《まわ》り続《つづ》ける。回転《かいてん》する景色《けしき》が、スローモーションに見《み》えた。体感時間《たいかんじかん》が、長《なが》くなっているように感《かん》じる……。

そのまま、落下《らっか》するように、おれは勢《いきお》いよく地面《じめん》に倒《たお》れ込《こ》もうとする。

1990《ナインティ》から繋《つな》げるのは、スーサイドムーブ。危険《きけん》な自滅技《じめつわざ》だ。背《せ》が伸《の》びた分《ぶん》だけ、落《お》ちる時《とき》の高《たか》さも増《ふ》える。

倒《たお》れ込《こ》もうとしたその瞬間《しゅんかん》、心《こころ》がブレーキをかけたがる。

——無茶《むちゃ》をやるな。丁寧《ていねい》に、冷静《れいせい》に、かしこく踊《おど》れ。

そう聞《き》こえる心《こころ》の声《こえ》は、間違《まちが》っていない。でも、それは恐怖心《きょうふしん》から発《はっ》せられた声《こえ》だ。

自分《じぶん》に、問《と》いかける。

(何《なに》が怖《こわ》い？　また怪我《けが》をすることか？　いや違《ちが》う……)

たしかに危険《きけん》な技《わざ》だけど、冷静《れいせい》になれば受《う》け身《み》を取《と》れる。丁寧《ていねい》に練習《れんしゅう》を重《かさ》ねれば、怪我《けが》を遠《とお》ざけられると学《まな》んだだろう。

覚悟《かくご》を決《き》めて、落下《らっか》。背中《せなか》に感《かん》じる地面《じめん》の衝撃《しょうげき》。怪我《けが》にはならなくても少《すこ》しは痛《いた》い。

客席《きゃくせき》から少《すこ》し悲鳴《ひめい》に似《に》た、短《みじか》い歓声《かんせい》が聞《き》こえる。

でも、立《た》ち上《あ》がった後《あと》に感《かん》じたのは、痛《いた》みよりも、高揚感《こうようかん》の方《ほう》が大《おお》きかった。

（……やっぱり、耐《た》えられない怖《こわ》さじゃない）

たのしい祭《まつ》りの時間《じかん》に、終《お》わりを告《つ》げるように、歌声《うたごえ》が高《たか》らかに響《ひび》く。

その時《とき》。観客席《かんきゃくせき》の奥《おく》に、ライジの姿《すがた》を見《み》つけた。自分《じぶん》たちのステージが終《お》わった後《あと》すぐに、客席《きゃくせき》に向《む》かったんだろう。壁際《かべぎわ》に立《た》って、鋭《するど》い目《め》でこちらを見《み》ている。

ライジの鋭《するど》い視線《しせん》を受《う》けたとたん、おれの頭《あたま》にひらめきが走《はし》った。

（そうだ……ようやくわかった）

二年前《にねんまえ》からずっと、うまく言葉《ことば》にできなかった、自分《じぶん》の気持《きも》ちが。

『なんで逃《に》げた』

ライジの問《と》いに答《こた》えられなくて、喧嘩別《けんかわか》れした。

逃《に》げたのは、耐《た》えられないほど、なにかが怖《こわ》かったからだ。その〝なにか〟は、なんなのか。

怪我《けが》のトラウマやブランクは、ダンスから逃《に》げる理由《りゆう》にはなっても、チームから逃《に》げる理由《りゆう》には足《た》りない。

結局《けっきょく》ダンスはやめなかったのだから、おれが逃《に》げたのは、ライジからだけだ。

(怖《こわ》かったのは、高《たか》いところよりも、怪我《けが》をすることよりも……)

ライジ。

(おまえに負《ま》けることが、怖《こわ》かったんだ)

ダンスで勝《か》つのが、好《す》きだ。負《ま》けるのはめちゃくちゃ……というほどは嫌《きら》いじゃないけど、絶対《ぜったい》に勝《か》てない戦《たたか》いなんて、むりだ、たのしくない、絶望《ぜつぼう》してしまう。

以前《いぜん》のように踊《おど》れなくなって、ライバルに絶対《ぜったい》に勝《か》てなくなった自分《じぶん》が嫌《いや》になって、だからおれは、逃《に》げたんだ。

(後悔《こうかい》してるよ。ごめんって、思《おも》ってる)

でも。厳《きび》しいライジは、ごめんじゃ許《ゆる》してくれない。おれたちは言葉《ことば》じゃ、仲直《なかなお》りができなかったんだ。

(だから戻《もど》ってきた。――おまえに勝《か》てるおれになって!)

言葉《ことば》では、ぶつかれない。

だから、ダンスをぶつける。

蓋《ふた》をした衝動《しょうどう》を、こじ開《あ》ける。足《あし》を強《つよ》く、踏《ふ》み込《こ》んで。片足《かたあし》で強《つよ》く床《ゆか》を蹴《け》る。

そしてヤコとヒオ、二人《ふたり》が手《て》を繋《つな》いで作《つく》ってくれた踏《ふ》み台《だい》を、もう片方《かたほう》の足《あし》で踏《ふ》み切《き》って、バネのように、もう一段階《いちだんかい》、上《うえ》へ！

高《たか》く、高《たか》く跳《と》んだ。ステージの二階席《にかいせき》まで、天井《てんじょう》まで、届《とど》くほど！

いつか、失敗《しっぱい》して飛《と》べなくなった時《とき》の技《わざ》を、今度《こんど》こそ成功《せいこう》させる。

バク宙《サマーソルト》。空中《くうちゅう》で、三回転《さんかいてん》。

世界《せかい》が、三度《さんど》、ひっくり返《かえ》って見《み》えた。

最高《さいこう》の浮遊感《ふゆうかん》と、悪寒《おかん》を感《かん》じながら、落《お》ちていく。

その景色《けしき》の中《なか》で、拍手《はくしゅ》と歓声《かんせい》と、自分《じぶん》の笑《わら》い声《ごえ》が聞《き》こえた。


ヨルマチのダンスを見《み》ながら。

オレは昔《むかし》、リヒトとダンスの練習《れんしゅう》をしていた時《とき》のことを、思《おも》い出《だ》す。

『よっし、サマーソルト一回転《いっかいてん》、成功《せいこう》だ！』

『リヒト。おまえの、その技《わざ》。ブレイキンっていうより、アクロバットだろ。体操《たいそう》で、やるやつだ』

ブレイキンはたしかに、体《からだ》を派手《はで》に動《うご》かすアクロバティックな技《わざ》が多《おお》いダンスだけど、リヒトのようにむちゃくちゃに高《たか》く跳《と》んだりしない。

ダンスにアクロバットを取《と》り入《い》れるなら、技《わざ》を成功《せいこう》させるだけでは足《た》りない。どんな技《わざ》も、タイミングや、動《うご》きを、音《おと》に完璧《かんぺき》に合《あ》わせてこそのダンスだからだ。

ただでさえ、宙《ちゅう》を跳《と》んで回《まわ》るのは難《むずか》しいのに。

『わざわざ跳《と》ぶ必要《ひつよう》あるか？』

難《むずか》しいし、危《あぶ》ないし、技術《ぎじゅつ》が足《た》りないと怪我《けが》をしかねない。

なのに、リヒトは無邪気《むじゃき》に答《こた》える。

『だって。地面《フロア》だけじゃなくて、空《そら》でも踊《おど》れたらめちゃくちゃカッコいいじゃん！』

オレはあきれた。

『……あと、その技《わざ》、ただのバク宙《ちゅう》だろ。なんだよサマーソルトって言《い》い方《かた》……』

『ライジ、知《し》ってるか。……英語《えいご》にすると、なんでもカッコよくなるんだ』

オレは、額《ひたい》を押《お》さえた。

『リヒト、おまえはバ……』

『バカって言《い》うの禁止《きんし》』

ぐ、と言葉《ことば》に詰《つ》まって、言《い》い訳《わけ》をする。

『バカじゃない、〝爆弾《ばくだん》〟って言《い》おうとしたんだ』

『どういう意味《いみ》だよそれ』

思《おも》い浮《う》かべるのは、爆薬《ばくやく》が詰《つ》まった赤《あか》い筒《つつ》から、導火線《どうかせん》の紐《ひも》が伸《の》びる爆弾《ばくだん》。

『一度《いちど》、火《ひ》がついたら爆発《ばくはつ》するまで止《と》まらないバカ、って意味《いみ》だ』

『言《い》ってるじゃないかバカって！』

リヒトは、無鉄砲《むてっぽう》なやつだった。技術《ぎじゅつ》が届《とど》かないのに、やりたいダンスをやろうとする。

でもオレは、あいつのやる無茶《むちゃ》が、嫌《きら》いじゃなかった。

だって、どんな技《わざ》も、それを最初《さいしょ》にやろうとした無茶《むちゃ》なやつがいないと始《はじ》まらない。

それを真似《まね》しようと続《つづ》いたダンサーも、みんな無茶苦茶《むちゃくちゃ》だ。

天才《てんさい》だけど、多分《たぶん》バカだ。

でも、そんなダンサーたちがいたから、踊《おど》り続《つづ》けてたくさんの技《わざ》を作《つく》ったから、今《いま》のダンスがあるんだろう？

バカと天才《てんさい》は紙一重《かみひとえ》という。紙一枚《かみいちまい》の差《さ》なら、あまり変《か》わらない。オレはバカも天《てん》才《さい》も、平等《びょうどう》にリスペクトする。

（リヒト、おまえのことも）

オレは、ステージを食《く》い入《い》るように見《み》る。中心《ちゅうしん》で踊《おど》る、リヒトを。

ダンスに一番大事《いちばんだいじ》なのは、技術《ぎじゅつ》だと、オレは言《い》った。

だがそれは、オレにとっての話《はなし》だ。

冷静《れいせい》にスキルを極《きわ》めて、上《のぼ》りつめるのは、オレのやり方《かた》だ。

リヒトには似合《にあ》わない。ブレーキをかけながら踊《おど》るなんて。アツくなりきれなくて、中途半端《ちゅうとはんぱ》になるだけだ。

（そんな相手《あいて》と、戦《たたか》う意味《いみ》なんてない）

リヒトが足《あし》を踏《ふ》み込《こ》んだ。アクセルを、思《おも》いっきり踏《ふ》むように。

そしてオレは、リヒトが、高《たか》く宙《ちゅう》へと跳《と》ぶのを見《み》た。

口角《こうかく》が上《あ》がる。

（そうだ。おまえはもっとバカでいいんだ）

三回転《さんかいてん》の宙返り《サマーソルト》。

それはステージの上《うえ》に打《う》ち上《あ》がる、大《おお》きな花火《はなび》に見《み》えた。


ステージが終《お》わった後《あと》。舞台袖《ぶたいそで》に戻《もど》ったリヒトは、小声《こごえ》で大興奮《だいこうふん》していた。

「よっしゃああ、三回転《さんかいてん》、跳《と》べたっ！　めちゃくちゃ怖《こわ》かったッ、けどもう一回《いっかい》……いや、もう百回《ひゃっかい》跳《と》べる気《き》がする!!　二人《ふたり》とも、練習《れんしゅう》付《つ》き合《あ》ってくれて、ありがとう!!」

「どういたしまして、だけど……」

ヒオは顔《かお》を引《ひ》きつらせて、じりっと後《あと》ずさりした。

「リヒトがおかしくなっちゃったわ……！」

「だ、だね」

でも……なんだかリヒトがたのしそうで、よかった！

『準決勝《じゅんけっしょう》、ライジンVS《ブイエス》ヨルマチ……結果発表《けっかはっぴょう》の時間《じかん》だ！』

司会者《しかいしゃ》に呼《よ》ばれて、わたしたちはもう一度《いちど》、ステージに上《あ》がる。

ステージの反対側《はんたいがわ》には、ライジたちもいる。チラ見《み》しても、目《め》は合《あ》わないけど。

（どうだったかな、わたしたちのダンス……）

見《み》ててくれたかな。たのしんでくれたかな。

『結果《けっか》は、審査員《しんさいん》それぞれの四票《よんひょう》と、観客投票《かんきゃくとうひょう》の一票《いっぴょう》で決《き》まります！』

審査員《しんさいん》のプロダンサーが四人《よにん》、ステージに上《あ》がってくる。

『審査員《しんさいん》のみなさんは、ヨルマチとライジンの札《ふだ》、どちらかを上《あ》げてください。観客《かんきゃく》のみなさんはスマホで、よかったチームに投票《とうひょう》してください！』

どきどきしながら、結果《けっか》を待《ま》つ。

審査員《しんさいん》たちは、次々《つぎつぎ》と札《ふだ》を上《あ》げた。

『ライジン』『ライジン』『ヨルマチ』

最後《さいご》の審査員《しんさいん》は少《すこ》し迷《まよ》ってから、札《ふだ》を上《あ》げる。

『ヨルマチ！』

ごくり、と息《いき》を飲《の》む。

（同点《どうてん》……！）

『残《のこ》すは観客投票《かんきゃくとうひょう》！　みなさんの投票《とうひょう》が多《おお》かったチームが最後《さいご》の一票《いっぴょう》を手《て》にします！』

（お願《ねが》い……！）

ぎゅっと目《め》をつぶって、祈《いの》る。

勝《か》ちたい。わたしは、勝《か》ってまだ、みんなと踊《おど》りたい……！

『集計《しゅうけい》が完了《かんりょう》しました。発表《はっぴょう》します！』

バン！　と音《おん》がして、ステージのスクリーンに結果《けっか》が表示《ひょうじ》された。

振《ふ》り返《かえ》る。

スクリーンに映《うつ》っているのは……『YORUMACHI《ヨルマチ》』の文字《もじ》。わたしたちのチーム名《めい》。

『準決勝《じゅんけっしょう》を勝利《しょうり》したチームは、ヨルマチ!!』

わあああ！　大《おお》きな歓声《かんせい》と、拍手《はくしゅ》が起《お》こった。

わたしは、びっくりして、よろこぶのを忘《わす》れてしまった。

勝《か》ちたいと、思《おも》ってたけど……本当《ほんとう》に勝《か》てるなんて！

「なんで勝《か》てたんだろう……」

「そう、だね」

リヒトが相槌《あいづち》を打《う》つ。

「審査員票《しんさいんひょう》は同数《どうすう》。きっとライジンとおれたちのダンスの、クオリティは同《おな》じくらいだったんだ」

(それは……ヒオとリヒトのおかげだと思《おも》う)

ヒオの作戦《さくせん》で、それぞれが得意《とくい》なことを活《い》かした作品《さくひん》を作《つく》ったから。

リヒトがとびきりがんばって、ライジに負《ま》けない大技《おおわざ》を成功《せいこう》させたから。

「結果《けっか》の決《き》め手《て》は観客投票《かんきゃくとうひょう》だ。クオリティが同《おな》じだったなら、お客《きゃく》さんはきっと、好《す》きだと感《かん》じた方《ほう》に投票《とうひょう》してくれた……」

わたしたちのダンスを、好《す》きだって思《おも》ってくれた人《ひと》が、たのしんでくれた人《ひと》が多《おお》かったから……。

「だからきっと、伝《つた》わったんじゃないかな。ヤコの、ダンスをたのしむ気持《きも》ちが」

「つまり、あたしたち全員《ぜんいん》の勝利《しょうり》ってこと！　やったぁ！」

ヒオがハイテンションに、わたしに抱《だ》きついた。

「ひ、ヒオ？　暑《あつ》いよ～……」

「ははは」

チームに入《はい》る前《まえ》の冷《つめ》たいヒオは、もういなくなっちゃったみたい。でも今《いま》のヒオの方《ほう》が、わたしは好《す》き。だって、たのしそうだから。

ヒオと喜《よろこ》びのハグをした後《あと》、わたしはリヒトをチラ見《み》する。

リヒトともハグ、した方《ほう》がいいよね。うう、でもちょっと恥《は》ずかしい……。

「リヒトも、ハ、ハ……」

「うん、ハイタッチしよう！」

あ、それでよかったんだ！

ハグじゃなくてハイタッチをした後《あと》。ステージの上《うえ》で、ライジンのみんなが、わたしたちの方《ほう》にやってきた。

「おめでとう。いい勝負《しょうぶ》だったわ」

と、ケイティー。もうひとり、マリアって子《こ》も、

「ヨルマチさんのダンス、すごくよかったです……！」

って、言《い》ってくれた。

「ありがとう！」

わたしとヒオは、ライジンのメンバー二人《ふたり》とそれぞれ握手《あくしゅ》をした。

残《のこ》ったメンバーは、ライジだけ。

ライジはリヒトに近《ちか》づいていく。

「ライジ……」

「………」

二人《ふたり》は、無言《むごん》でにらみ合《あ》うように見《み》つめ合《あ》っていた。

「……あのさ！　おれ、戻《もど》ってきたから。またいつか、一緒《いっしょ》に……」

「おまえとは一緒《いっしょ》に踊《おど》らない。おまえはもう、オレの仲間《なかま》じゃない」

「ッ」


「おまえは――オレが倒《たお》すべき、ライバルだ」

そして、ライジはリヒトにこぶしを差《さ》し出《だ》した。

「！」

リヒトはうれしそうに、自分《じぶん》のこぶしをライジにぶつけた。

それで、二人《ふたり》のやりとりは終《お》わりだった。

ライジが離《はな》れた後《あと》、リヒトに聞《き》いた。

「仲直《なかなお》り、できた？」

「うん」

（よかった！）

わたしは、背中《せなか》を向《む》けたライジに声《こえ》をかけた。

「あの……！」

ライジが振《ふ》り返《かえ》る。

「なんだ」

最後《さいご》に、ライジに聞《き》きたいことが、あったんだ。

踊《おど》っている間《あいだ》も、今《いま》も、怖《こわ》い顔《かお》をしているライジに。

「ライジは、たのしかった？」

「はっ」

くだらない、と言《い》うみたいに、ライジは鼻《はな》で笑《わら》った。

「たのしくないわけないだろう。ライバルが、強《つよ》い仲間《なかま》を連《つ》れて戻《もど》ってきたんだ」

「……！」

ライジは　リヒトだけじゃなくて　わたしを、わたしたちを見《み》て、言《い》ったんだ。

「次《つぎ》は倒《たお》す。絶対《ぜったい》に、な」

怖《こわ》いけどとても……たのしそうな笑顔《えがお》で、ステージを去《さ》っていった。

ヒオが、わたしの手《て》を引《ひ》く。

「あたしたちも行《い》きましょう。決勝戦《けっしょうせん》の、準備《じゅんび》をしなきゃ！」

リヒトが背中《せなか》を押《お》した。

「ああ。次《つぎ》も勝《か》ちに行《い》こう！　ライジンの分《ぶん》まで、ステージでぶつけるんだ」

うれしかった。みんながたのしんでくれたことも、勝《か》てたことも、そうだけど。

決勝《けっしょう》に行《い》けることが。

次《つぎ》も、踊《おど》れることが。

(まだ踊《おど》れる……まだ、たのしめるんだ)

みんなと、一緒《いっしょ》に！

「うん……！」

眩《まぶ》しいステージの上《うえ》で、わたしたちは駆《か》け出《だ》した。

エピローグ　これからも、一緒《いっしょ》に！

『ダンスコンテスト、優勝《ゆうしょう》チームは……ヨルマチ――!!』


はっ、と目《め》が覚《さ》める。

あれ……さっきまでわたし、コンテストのステージで踊《おど》っていたはずじゃ……。

（夢《ゆめ》……？）

わたしは今《いま》、見慣《みな》れたバスの中《なか》にいた。バスに揺《ゆ》られながら、うとうとしていたみたい。

寝《ね》ぼけながら、スマホの待《ま》ち受《う》け画面《がめん》を見《み》る。そこには、一《いっ》ケ《か》月《げつ》前《まえ》に撮《と》った写真《しゃしん》……コンテストの優勝《ゆうしょう》トロフィーと賞金《しょうきん》が書《か》かれたボードを持《も》った、わたしたちヨルマチの写真《しゃしん》がある。

「夢《ゆめ》じゃ、ない」

そうだ。あのコンテストからもう、一《いっ》ケ《か》月《げつ》が経《た》ったんだ。

季節《きせつ》はもう、十二月《じゅうにがつ》のクリスマス前《まえ》。夕方《ゆうがた》でも薄暗《うすぐら》くって、バスの窓《まど》から見《み》える街《まち》は、イルミネーションで輝《かがや》いている。

（なんだか、優勝《ゆうしょう》したって……現実感《げんじつかん》ないや）

というのも。

わたし、決勝戦《けっしょうせん》の記憶《きおく》、あんまりないんだよね。準決勝《じゅんけっしょう》のあと、完全《かんぜん》にハイになっちゃってて、夢中《むちゅう》で踊《おど》ってたから。でも、とても……たのしかったことは覚《おぼ》えてる。

バスを降《お》りる。向《む》かうのは、いつもの駅前広場《えきまえひろば》だ。

「や」

リヒトが制服姿《せいふくすがた》で、手《て》を振《ふ》った。

「ヒオは？」

「買《か》い物《もの》があるから、少《すこ》し遅《おく》れるってさ」

そっか、とうなずくわたしに、リヒトは言《い》った。

「ヤコ。ちょっと二人《ふたり》で話《はな》さない？」

じっとしているのは寒《さむ》いから、歩《ある》きながら話《はな》すことにした。

広場《ひろば》の近《ちか》くの、イルミネーションが灯《とも》る並木通《なみきどお》り。バスからも見《み》えてたけど、近《ちか》くで見《み》るともっときれい。周《まわ》りのお店《みせ》からはクリスマスの音楽《おんがく》が流《なが》れている。

白《しろ》い息《いき》を吐《は》きながら、リヒトと並《なら》んで歩《ある》く。

「話《はなし》ってなあに？」

あらたまって話《はなし》があるって言《い》われると、なんだかちょっとどきどきするな……。

「ヤコにお礼《れい》が言《い》いたくてさ」

（お礼《れい》なんて言《い》われるようなこと、したっけ？）

首《くび》をかしげると、リヒトは照《て》れくさそうに笑《わら》った。

「話《はな》さなくても伝《つた》わるかもしれないけど、ちゃんと、言葉《ことば》にしておこうと思《おも》ったんだ。……おれが、ヤコにどれだけ感謝《かんしゃ》してるかってこと」

リヒトの、眼鏡《めがね》をかけた横顔《よこがお》は真面目《まじめ》だった。じゃあ、わたしも真面目《まじめ》に聞《き》こう。

「半年《はんとし》くらい前《まえ》。おれさ、迷《まよ》ってたんだ。なんとなくダンスは続《つづ》けてたけど……これからどうしようって」

ライジとのチームをやめて、ひとりで踊《おど》っていた頃《ころ》、だよね。

「そんな時《とき》、たまたまヤコのダンス動画《どうが》を見《み》つけたんだ」

「え……」

リヒトは元々《もともと》、わたしの動画《どうが》を知《し》ってたって言《い》ってたけど。

(そんな前《まえ》から見《み》てたんだ……)

半年《はんとし》くらい前《まえ》って、わたしは、動画投稿始《どうがとうこうはじ》めたてで全然見《ぜんぜんみ》られてなかった頃《ころ》だ。

なのに、リヒトがわたしの動画《どうが》を見《み》つけたなんて。

(すごい、偶然《ぐうぜん》……)

「動画《どうが》の中《なか》でヤコ、顔《かお》は見《み》えないけどすごくたのしそうに踊《おど》っててさ。……ああ、おれも、たのしくてダンスやってたんだよな、って思《おも》い出《だ》したんだ」

……あれ。

「勝《か》つためじゃ、なくて?」

「もちろんそれもあるよ。だってほら、勝《か》つとたのしいじゃん?」

わたしは、勝《か》ちたいって気持《きも》ちはあまりなかったけど。実際《じっさい》にコンテストで勝《か》ったらうれしかったから、リヒトの言《い》ってることもちょっとわかった。

「大人《おとな》になってもずっとたのしいことをしていたいから、プロになりたかったんだ。

諦《あきら》めかけてたけど……もう一度《いちど》真剣《しんけん》に目指《めざ》してみるかって、そう思《おも》えたんだ」

リヒトはわたしの目《め》を見《み》て、微笑《ほほえ》んだ。

「ヤコのおかげで」

……顔《かお》が、熱《あつ》くなる。

「そ、そうなんだ」

わたしはつい、目《め》をそらした。

(あれ、そういえば……)

動画投稿始《どうがとうこうはじ》めたての頃《ころ》は、全然見《ぜんぜんみ》てもらえてなかった。もらえるコメントも、ほんの少《すこ》しだけだった。やっぱり投稿《とうこう》やめようかな、恥《は》ずかしいし……って、考《かんが》えたこともある。

でも、だからこそ、初《はじ》めてもらったコメントのことはよく覚《おぼ》えてる。

『きみのダンスが好《す》きです』

シンプルで、真《ま》っ直《す》ぐな言葉《ことば》が、うれしくて。わたしのダンスでよろこんでくれる人《ひと》がいるから、全然見《ぜんぜんみ》られてなくても、ダンス動画《どうが》の投稿《とうこう》を続《つづ》けようと思《おも》ったんだ。

(もしかして……)

「初《はじ》めてコメントくれたのって、リヒトだったの?」

わたしはスマホで、大事《だいじ》にとっていたコメントの写真《しゃしん》を、リヒトに見《み》せた。

リヒトはちょっと驚《おどろ》いて。

「うん」

とうなずいた。

じんわりと、胸《むね》が熱《あつ》くなる。

「……なんだか、奇跡《きせき》みたい」

わたしのダンスがリヒトの、リヒトの言葉《ことば》がわたしの、踊《おど》り続《つづ》ける理由《りゆう》になって。

そうやって、続《つづ》けた先《さき》で出会《であ》って。

「今《いま》、一緒《いっしょ》に踊《おど》ってるなんて!」

ただ歩《ある》いてるだけのはずだったのに、足《あし》が、弾《はず》む。通《ストリート》りに流《なが》れる音楽《おんがく》に合《あ》わせて、足《あし》が自然《しぜん》とステップを踏《ふ》み出《だ》す。

わたしたちは笑《わら》いながら、踊《おど》るみたいに道《みち》を歩《ある》いた。

「ありがとう。おれと一緒《いっしょ》に踊《おど》ってくれて」

ううん、こちらこそ。

「……ありがと。わたしのこと、見《み》つけてくれて」

きらきらと光《ひか》るイルミネーションが、ストリートをステージにしているみたいで。

とても、きれいだった。


あたりを一周《いっしゅう》して広場《ひろば》に戻《もど》ると、ちょうどヒオがやってきたところだった。

ヒオは大《おお》きな箱《はこ》を抱《かか》えている。

「やったー買《か》えたわ！　期間限定《きかんげんてい》クロカンブッシュ！」

「なにそれ……ダンスの技名《わざめい》？」

「ちがうわ！　特別《とくべつ》なシュークリームよ」

ヒオが箱《はこ》を開《あ》けると、たくさんのシュークリームがクリスマスツリーみたいに積《つ》み上《あ》がったお菓子《かし》が入《はい》っていた。すごく大《おお》きい……。

「これ、ひとりで食《た》べるの……？」

「そんなわけないでしょ！　お土産《みやげ》よ。これからケイティーたちと、ダンス動画《どうが》の打《う》ち合《あ》わせしにいくんだから」

コンテストが終《お》わった後《あと》、ケイティーに誘《さそ》われたんだ。

『冬休《ふゆやす》みに、ヨルマチとコラボで、ダンス動画《どうが》を作《つく》らない？』
って。同《おな》じライジンのマリアも、『ウチもやりたいです!!』って言《い》ってくれた。……
ライジンには、断《ことわ》られちゃったんだけどね。

「同《おな》じ作品作《さくひんづく》りでも、ステージと動画《どうが》で見《み》せ方《かた》は違《ちが》うし、どんなダンスにしようかしら。ああ、すっごくたのしみ！」

ヒオがご機嫌《きげん》な理由《りゆう》は、シュークリームだけじゃなかったみたい。

「なんだかふしぎな感《かん》じだ、ね。ついこないだ戦《たたか》った相手《あいて》と、仲良《なかよ》くなれるなんて」

「はは。いや、きっとふしぎじゃないよ」

リヒトは笑《わら》って言《い》った。

「だってさ。全員《ぜんいん》、ダンスのことが好《す》きなんだから」

今日《きょう》、打《う》ち合《あ》わせをするダンススタジオに着《つ》く。玄関《げんかん》に靴《くつ》が並《なら》んでいる。ケイティーたちはもう、来《き》てるみたい。

わたしは足《あし》を、ピタッと止《と》める。リヒトが、わたしの顔《かお》をのぞき込《こ》んだ。

「ヤコ、緊張《きんちょう》してる？」

「うん……」

どきどきが止《と》まらない。

考《かんが》えちゃったんだ。

わたしは、ずっとひとりで踊《おど》ってた。それだけでも、たのしかったけど。みんなと出会《であ》って、もっとたのしくなった。

ひとりじゃ、怖《こわ》くてできないことも、仲間《なかま》となら、怖《こわ》くても大丈夫《だいじょうぶ》。

この先《さき》には、いったいどんなたのしいことが、待《ま》ってるんだろう。

そう思《おも》ったら……。

「たのしみすぎて、こわくなっちゃった！」

そう、笑《わら》って言《い》って。

わたしは、みんなとまた一歩《いっぽ》、踏《ふ》み出《だ》した。

あとがき

はじめまして。さちはら一紗《いちさ》です。

子《こ》どもの頃《ころ》、私《わたし》は、ダンスが好《す》きでした。

でもある日《ひ》、自分《じぶん》はダンスが得意《とくい》じゃないということに気《き》づいて、踊《おど》るのはやめてしまいました。ダンスが好《す》きだったことを思《おも》い出《だ》したのは、大人《おとな》になって、ダンス動《どう》画《が》をよく見《み》るようになってからでした。

……あ、別《べつ》に、踊《おど》れなくてもダンスが好《す》きなままでよかったのか。と、気《き》づいて。

そして様々《さまざま》な巡《めぐ》り合《あ》わせがあって、この度《たび》、大好《だいす》きな児童書《じどうしょ》でダンスの物語《ものがたり》を書《か》かせていただくことになりました。

ダンサーたちの物語《ものがたり》を踊《おど》れない自分《じぶん》が書《か》いてもいいのか、という思《おも》いはありましたが、作中《さくちゅう》でダンスが言葉《ことば》だと言《い》ったからには、言葉《ことば》で踊《おど》ることも、もしかして、もしかしたら、できるかもしれない、できるように書《か》こう、と思《おも》って、ダンスのことをたくさん勉強《べんきょう》させていただきながら、ダンスが大好《だいす》きなヤコたちの話《はなし》を書《か》きました。

きっと「好《す》き」の気持《きも》ちは、奇跡《きせき》を起《お》こせるのだと思《おも》います。「好《す》き」で繋《つな》がったヤコたち、キセキのダンスチームの物語《ものがたり》をたのしんでもらえたなら、とてもうれしいですし、もしこの小説《しょうせつ》を読《よ》んで、ダンスや読書《どくしょ》を、前《まえ》よりも少《すこ》しだけ好《す》きになってもらえたなら、とても素敵《すてき》だな、と思《おも》います。

最後《さいご》に、謝辞《しゃじ》に移《うつ》らせていただきます。

取材《しゅざい》・監修《かんしゅう》にご協力《きょうりょく》いただいたKADOKAWA DREAMS《カドカワドリームズ》様《さま》、取材《しゅざい》にご協力《きょうりょく》いただいた「みんなのスタジオ」の先生方《せんせいがた》や生徒《せいと》の皆様《みなさま》、また、原稿《げんこう》の先読《さきよ》みに参加《さんか》し感想《かんそう》を送《おく》ってくださった読者《どくしゃ》の皆様《みなさま》、本当《ほんとう》にありがとうございました。

そして、かわいらしくかっこいいイラストを描《か》いてくださったtanakamtam様《さま》、この本《ほん》のためにいろいろと走《はし》り回《まわ》ってくださった編集様《へんしゅうさま》や関《かか》わったすべての方々《かたがた》、相談《そうだん》に乗《の》ってくれた友人《ゆうじん》たち、応援《おうえん》してくれた家族《かぞく》にもたくさんの感謝《かんしゃ》を。

それでは、皆様《みなさま》とまた、どこかでお会《あ》いできることを信《しん》じて。

カドカワ読書タイム

ダンサー!!!
キセキのダンスチーム【ヨルマチ】始《し》動《どう》！

2025年4月23日　初版第一刷発行

著者　さちはら一紗
発行者　山下直久
発行　株式会社KADOKAWA
〒102-8177　東京都千代田区富士見2-13-3
0570-002-301（ナビダイヤル）
印刷・製本　株式会社広済堂ネクスト
ISBN 978-4-04-684460-6 C8093

グランドデザイン　ムシカゴグラフィクス
ブックデザイン　しおざわりな（ムシカゴグラフィクス）
イラスト　tanakamtam

双《ふた》子《ご》くんがわたしのことを好《す》きすぎる
藤崎珠里
イラスト ななミツ
幼《おさな》なじみは双子《ふたご》の
イケメン王子様《おうじさま》!?
もうすぐ中2になるわたし・くるみはお父さんが海外出張に行く2か月の間、幼なじみの家で暮らすことに。
8年ぶりに再会した久瀬《くぜ》兄弟との生活は毎日がドキドキで……!?
タイプの違うふたりに愛されすぎちゃう期間限定の同居生活がはじまる!!
カドカワ読書タイム
公式サイト
KADOKAWA